पुलिस व्यवस्था पर व्यंग्य

पुलिस व्यवस्था पर व्यंग्य

सं. गिरिराज शरण

प्रभात प्रकाशन

प्रकाशक • **प्रभात प्रकाशन प्रा. लि.**
4/19 आसफ अली रोड,
नई दिल्ली–110002

संस्करण • 2024
मूल्य • चार सौ रुपए
मुद्रक • आर–टेक ऑफसेट प्रिंटर्स, दिल्ली

POLICE VYAVASTHA PAR VYANGYA
Ed. by Dr. Giriraj Sharan ₹ 400.00
Published by Prabhat Prakashan Pvt. Ltd, 4/19 Asaf Ali Road, New Delhi-2
e-mail: prabhatbooks@gmail.com ISBN 978-93-5266-411-5

जिनसे वैर भला न प्यार

राज्य-व्यवस्था चलाने के लिए पहले 'वरदीधारियों' की एक ही जाति हुआ करती थी। सरकारी भाषा में उसे 'सिपाही' कहा जाता था। लेकिन यह 'अंग्रेजश्री' के भारत आने से पहले की बात है। अंग्रेज क्योंकि स्वभाव से 'विभाजन-प्रिय' लोग हैं, इसलिए जब तक वे चीजों का, जातियों का, प्रजातियों का या राष्ट्रों का विभाजन नहीं कर देते, उनकी आत्मा को शांति नहीं मिलती। काले और गोरे के बीच विभाजन, हिंदू और मुसलमान के बीच विभाजन या नीग्रो और गैर-नीग्रो के मध्य विभाजन उनकी 'कला' का परिणाम है।

सो उन्होंने अपनी इस विभाजन-प्रवृत्ति का परिचय देते हुए 'सिपाही जाति' का रातोरात विभाजन कर दिया। उन्होंने इस जाति में से एक और प्रजाति निकाली, जिसका नाम रखा 'पुलिस'। पुलिस और सिपाही के कार्यक्षेत्र अलग कर दिए गए। पहले सिपाही हुआ करते थे, जो सामान्य स्थिति में शांति-व्यवस्था बनाए रखते थे और युद्ध के दिनों में जंग के मोरचे पर बहादुरी दिखाते थे।

विभाजन के बाद इनके कार्यक्षेत्र अलग-अलग हो गए। सिपाही शत्रु के विरुद्ध युद्ध छिड़ने के अवसर पर मोरचा सँभालते हैं, तो पुलिस अपने लोगों के बीच लड़ाई के अवसर पर। पहला लड़ने का काम करता है तो दूसरा लड़ाने का। और आप भलीभाँति जानते हैं कि लड़ने से कहीं अधिक मुश्किल काम है लड़ाने का। लड़ाने में जिस कुशलता और चतुराई की आवश्यकता है, वह लड़ने में कहाँ! लड़नेवाला तो लड़ते-लड़ते वीरगति को प्राप्त हो जाता है, पर लड़ानेवाला किसी गति को या दुर्गति को प्राप्त नहीं होता। वह लड़ाता है और मौज उड़ाता है। सच पूछिए, हमने अपने

जीवन में उड़ानेवाली जितनी चीजें देखी हैं, उनमें सबसे आनंददायक चीज मौज उड़ाना ही है।

जब हम बचपन में थे, पुलिस तंत्र से हमारा सीधा संपर्क नहीं था। कुछ कहावतें हमने अवश्य सुनी थीं, जो पुलिस के संबंध में गाँव-गाँव प्रचलित थीं; जैसे 'कुरता-टोपी ले ले, नाम दरोगा धर दे'। इस कहावत के जन्मदाता ने अपना सब कुछ देकर नाम का दरोगा होने की इच्छा व्यक्त की थी। देनेवाले के पास बदले में देने के लिए कुरता-टोपी के अतिरिक्त और कुछ रहा ही नहीं होगा और ये दोनों चीजें देकर नाम दरोगा रखवाने में उसे घाटा नहीं, लाभ-ही-लाभ दिखाई दिया होगा। टोपी वह न भी देता तो एक-न-एक दिन पुलिसवाले उसके सिर से उतार ही लेते। टोपी उतारना और टोपी उछालना तो पुलिस का खास धंधा है।

अब हम यह तो नहीं कह सकते कि टोपी-कुरता देकर उसे नाम का दरोगा बनने की सुविधा प्राप्त हुई या नहीं; हाँ, यह बात अवश्य कह सकते हैं कि कितने ही महानुभावों ने आत्मसंतोष के लिए अपने बेटों का नाम दरोगासिंह या दरोगालाल रखा। दरअसल, ऐसे बच्चों के माता-पिता 'दरोगा' नाम के सामाजिक महत्त्व से भलीभाँति परिचित थे। और फिर जिस 'दरोगा' ने उनपर हाथ उठाया था, उसके नाम पर तो हाथ-आजमाइश कर ही सकते थे!

बचपन में एक और कहावत प्रचलित थी—'भाग रे सिपाही, चोर आया'। तब हम नहीं समझते थे कि चोर के आने पर सिपाही का भाग जाना क्यों आवश्यक है! लेकिन अब समझते हैं और खूब समझते हैं; क्योंकि जैसे-जैसे पुलिस-तंत्र विकास की ओर बढ़ रहा है, वैसे-वैसे चोरों की दिलेरी और पुलिस की फरारी बढ़ रही है। हमें लगता है कि छुटपन में एक खेल, जो हम खेला करते थे और जिसका नाम था 'चोर-सिपाही', अब वह खेल हमारी जगह पुलिसवाले खेलते हैं। हमें याद आता है, इस खेल में सिपाही कभी नहीं जीतता था और वह, जो चोर था, हमेशा जीत जाता था।

इधर पुलिस से दोस्ती हुई तो उसके बारे में जानने की जिज्ञासा बढ़ी। एक दिन एक पत्रिका पलट रहे थे तो अकबर इलाहाबादी की ये पंक्तियाँ निगाह में आईं—

रकीबों ने रपट लिखाई है, जा-जाके थाने में,
कि अकबर नाम लेता है, खुदा का इस जमाने में।

हम यह तो नहीं कह सकते कि अकबर साहब के विरुद्ध रपट लिखवाने के लिए उनके रकीबों ने कितना सुविधा-शुल्क भेंट किया; किंतु इस बात से परेशानी जरूर बढ़ गई कि बेचारी पुलिस को किस-किस बात में नहीं उलझना पड़ता? रपट दर्ज होते ही पुलिस का हरकारा अवश्य पहुँच गया होगा, अकबर साहब के द्वार पर, वारंट-गिरफ्तारी लिये। और अकबर साहब को छुड़ाने के लिए हक-पानी भी देना ही पड़ा होगा। शोध का विषय तो यह है कि खुदा का नाम लेने के जुर्म में अकबर साहब के खिलाफ भारतीय दंड संहिता की कौन-सी धारा पुलिस ने लगाई होगी?

यहाँ यह बात समझ में आती है कि जहाँ दरोगाजी का नाम चलता है, वहाँ खुदा का नाम नहीं चलना चाहिए। निस्संदेह अकबर दोषी थे। उन्होंने दरोगा का नाम न लेकर खुदा का नाम लिया और रकीबों (मुखबिरों) को यह मौका दिया कि वे थाने में जाकर अकबर के खिलाफ रपट लिखाएँ कि यह पुलिस की शक्ति को नकारता है और असमय की रागिनी अलापता है।

हमारी मित्र-मंडली में एक शायर साहब हुआ करते थे। हम देखते कि वे पुलिस के मामूली सिपाही के दर्शन करते ही रफू-चक्कर हो जाते। हद यह कि अगर चौकीदार भी सामने आ जाता तो उनकी सिट्टी गुम हो जाती। कई बार हमें लगा कि हो न हो, उनका चाल-चलन संदिग्ध है और निश्चित ही वे किसी-न-किसी मामले में वांछित हैं। वरना जब कोई पुलिसवाला सामान्य मूड में हो तो उससे डरने की जरूरत नहीं होती। सो एक दिन हमने हिम्मत करके पूछ ही लिया—

"क्यों भई, तुम्हारा कोई वारंट-शारंट है क्या?"

घबराकर बोले—"कैसे? किस अपराध में? तुमने यह कैसे कह दिया?"

हमने उत्तर दिया—"तुम जो हर ऐरे-गैरे पुलिसवाले को देख बिदक जाते हो, इससे लगता है कि हो न हो, दाल में कुछ काला जरूर है।"

हँसकर बोले—"कुछ नहीं। दाल में तो सारे-का-सारा ही काला है, भाई। उड़द पर तो थोड़ी सफेदी होती भी है। इन वरदीधारियों में तो वह

भी नहीं है। क्या पता वारंट किसी का हो और पकड़कर हमें ले जाएँ।''

हमने जोर का ठहाका मारा—''अरे यार, यह कैसे हो सकता है! वारंट किसी का हो और पकड़ा कोई जाए?''

हमारी बात सुनी-अनसुनी करते हुए बोले शायर साहब—''हो क्यों नहीं सकता! जब मुठभेड़ किसी से होती है और मारा कोई और जाता है, तो यह भी हो सकता है कि अपराध किसी ने किया हो और पकड़ा कोई और जाए।''

हमें लगा कि हमारे शायर मित्र पुलिस से कुछ ज्यादा ही आशंकित हैं। पुलिस के प्रति उनका भ्रम दूर करने की बात हम सोच ही रहे थे कि बगैर किसी पूर्व नोटिस के, बिना किसी पूर्व चेतावनी के एक कान पर हाथ रखकर उन्होंने अपना ताजा कलाम गाना शुरू कर दिया। बोले—सुनो, अर्ज किया है—

पुलिसवालों से कन्नी काटनी ही भाईजी अच्छी,
न इनकी दोस्ती अच्छी, न इनकी दुश्मनी अच्छी।

शेर सुनकर हमें बहुत आनंद आया। बचपन में सुनी वह कहावत भी याद आ गई, जिसमें कहा गया था—'पुलिस से प्यार भला न वैर भला'। शायर साहब ने उसी पुराने अनुभव को अपने शब्दों में ढाल दिया था। इससे पहले कि वह अपना दूसरा शेर सुनाते, हमने प्रसंग बदल दिया; क्योंकि हम जानते थे कि निर्दोष आरोपी और निर्दोष श्रोता को बंदी बनाने में पुलिस और शायर दोनों एक बराबर हैं। पुलिस तो चालान करके पीछा छोड़ भी देती है और कथित अपराधी जमानत पर रिहा भी हो जाता है; पर शायर व्यक्तिगत मुचलके पर तो क्या, किसी अन्य जमानत पर भी छोड़ने को राजी नहीं होता। हमने पहले तो प्रसंग बदला, फिर मौका पाते ही कन्नी काट गए।

शेर सुनकर हम विचित्र-सी उलझन में पड़ गए थे। सोच रहे थे कि जिस वर्ग से न दोस्ती अच्छी और न दुश्मनी अच्छी, तो फिर अच्छा क्या है? बार-बार कन्नी काटना तो ठीक नहीं होगा। यह काम कई बार खतरे से खाली नहीं रहता। हमने समाचार-पत्रों में अकसर पढ़ा है कि 'पुलिस ने एक युवक को निरुद्देश्य घूमते हुए गिरफ्तार किया है। तलाशी लेने पर उसके पास से एक अवैध चाकू बरामद हुआ।'

हम समझते हैं कि निरुद्देश्य घूमनेवाला वह युवक निस्संदेह पुलिस को देखकर कन्नी काटनेवाला व्यक्ति होगा। अब रहा सवाल अवैध चाकू की बरामदगी का, सो भाई, आरोपी की जेब पुलिस के लिए मदारी की थैली जैसी होती है। वह उसमें से अवैध चाकू तो क्या, चाहे तो बोफोर्स कंपनी की तोप भी बरामद कर सकते हैं। हमारा दिमाग कन्नी काटने के फार्मूले को रद्द कर रहा था। आखिर सोचते-सोचते हम 'न दोस्ती अच्छी, न दुश्मनी अच्छी' वाली कहावत तक पहुँच ही गए।

हमें ध्यान आया कि अपनी विदेश नीति में जिस गुटनिरपेक्षता के सिद्धांत को हमनें बहुत सोच-समझकर स्वीकार किया था, उसी गुटनिरपेक्षता के सिद्धांत को हमें अपनी गृहनीति में भी अपना लेना चाहिए। शायर के शेर और जनसाधारण की कहावत में यही सीख दी गई है।

देखिए न, जब कभी सशस्त्र पुलिस उत्तेजित भीड़ को तितर-बितर करने के लिए आवश्यकता से अधिक बल प्रयोग करती है और अपनी मरजी से फायरिंग कर दस-बीस को ठिकाने लगा देती है, तो ऐसे अवसर पर देश के गृहमंत्री तटस्थ यानी गुटनिरपेक्ष रहना ही उचित मानते हैं। क्योंकि जनता का पक्ष लेने से पुलिस के नाराज होने का डर और पुलिस का पक्ष लेने का मतलब है जनता को नाखुश करना। इसलिए हमारी नीति होनी चाहिए—

'बागवां भी खुश रहे, राजी रहे सैयाद भी।'

अब यह फैसला करना आपका काम है कि पुलिस और जनता में कौन बागवां है और कौन सैयाद।

इस झंझट से मुक्त होते हुए फिलहाल हम यह मुकदमा उन बुद्धिजीवी लेखकों के सुपुर्द करते हैं, जो इस सिद्धांत को नहीं मानते और पुलिस के प्रति कम-से-कम इतने धर्मनिरपेक्ष नहीं हैं, जितने हमारे शायर दोस्त हैं। आप इनसे मिलिए और पुलिस का चिट्ठा पढ़िए। यह चिट्ठा कच्चा चिट्ठा नहीं है, एकदम पक्का है और पक्की स्याही से लिखा गया है।

१६, साहित्य विहार,
बिजनौर (उ.प्र.)

—गिरिराजशरण अग्रवाल

अनुक्रम

भूमिका : जिनसे वैर भला न प्यार ५

१. हम सब जानते हैं / *ईश्वर शर्मा* १३

२. पुलिस प्रशिक्षण से साक्षात्कार / *ईश्वर शर्मा* २०

३. डॉली बिटिया / *गजेंद्र तिवारी* २६

४. सद्‌भावना शुल्क / *गजेंद्र तिवारी* ३१

५. जरनैलसिंह मारा गया? / *गिरिराजशरण अग्रवाल* ३६

६. सिपाही की ट्रेनिंग / *दामोदरदत्त दीक्षित* ४२

७. कलुआ चोर कैसे बना? / *निश्तर खानकाही* ४७

८. पुलिस हमारी जिंदाबाद / *पूरन सरमा* ५२

९. अफसर की गाय / *पूरन सरमा* ५६

१०. जाना पुलिसवालों के यहाँ, इक बारात में / *प्रेम जनमेजय* ६२

११. पुलिस प्रकरण की पावनता / *बालेंदुशेखर तिवारी* ६७

१२. जयहिंद / *महेश सांख्यधर* ७१

१३. अपराध-विरोधी पखवाड़ा और दरोगा गैंडासिंह / *मीना अग्रवाल* ७९

१४. चोरी नए मकान की / *रमेश गुप्त* ८६

१५. देश की एक समर्पित सेवा / *रवींद्रनाथ त्यागी* ९६

१६. जेबकट और पुलिस / *राकेश शरद* १०१

१७. स्कूटर चाहिए या जाँच? / *रामनारायण उपाध्याय* १०४

१८. कस्बे के विकास में थाने का योगदान / *रामेश्वर वैष्णव* १०७
१९. एक पुलिस थाना—सतयुग में / *लतीफ घोंघी* ११०
२०. दातादीन चौकी पर / *शंकर पुणतांबेकर* ११९
२१. समस्या सुलझाने में बुद्धिजीवी का योगदान / *शरद जोशी* १२३
२२. पुलिस की प्यारी छवि''' / *शिव शर्मा* १२८
२३. कोतवाल भोलासिंह / *श्रीकांत मित्तल* १३२
२४. इंस्पेक्टर मातादीन चाँद पर / *हरिशंकर परसाई* १३८

हम सब जानते हैं

ईश्वर शर्मा

बाहर लंबी-चौड़ी बाउंड्री दीवार। उसके भीतर काफी दूर तक छोटी इमारत। बाउंड्री से इतनी दूर कि कोई ओलंपिक चैंपियन भी बाहर से पत्थर फेंके तो इमारत तक न पहुँच सके। बगल में एक हनुमान मंदिर। बाउंड्री के भीतर बरगद का एक वृक्ष। भीतर मैदान में घूमती कुछ गायें। उनके पीछे लगा एक साँड़। इमारत के प्रवेश भाग के खंभों में एक पर लिखा हुआ है—'देशभक्ति', दूसरे पर—'जनसेवा'। इन सब स्थितियों को देखकर बाहर से ही कहा जा सकता है कि यह भारतवर्ष का कोई थाना है।

इमारत के भीतर हर कमरा छोटा-छोटा-सा, जेल की कोठरी की तरह। कमरों के दरवाजे और भी छोटे। एक-दो कमरों में लोहे की मोटी सलाखोंवाले दरवाजे लगे हैं। जिसे देखकर स्पष्ट हो जाता है कि वह हवालात है। अन्यथा कमरों और हवालात में अंतर कर पाना मुश्किल हो जाता। सामने बरामदे में बेंच पर बैठकर ऊँघता एक सिपाही, दीवार से टिकाकर रखी थ्री-नाट-थ्री बंदूक। बगल में बंदूक रखकर ऊँघ रहा है, जरूर वह संतरी ही होगा। बरामदे के बाद भीतर एक बड़ा कमरानुमा हॉल। हॉल के अंदर टेबल, कुरसी, बेंच, आलमारी, पेटी, मोटे-मोटे रोजनामचे, रजिस्टर, आदमी, सिपाही, मुंशी, ड्रेस, बेल्ट, सब एक साथ। एक-दूसरे से अँटे-फँसे से। सामान के ऊपर आदमी है या आदमी के ऊपर सामान है, कुछ भी कहना मुश्किल। सब कुछ गड्डमड्ड-सा।

दो-तीन व्यक्ति चड्डी-बनियान पहने फर्श पर घुटनों में सिर झुकाए उकड़ूँ बैठे हैं। यकीनन वे किसी अपराध के सिलसिले में बिठाए गए हैं। क्योंकि चड्डी-बनियान तो कमरे के अन्य लोग भी पहने हुए हैं; लेकिन फर्क यह है कि वे सब कुरसी-टेबल पर बैठे हुए हैं। एक मोटा-सा आदमी—भारी तोंदवाला, घुटे सिर का—चड्डी-बनियान पहने, कंधे पर लाल गमछा डाले हुए कुरसी पर बैठा है। पैर ऊपर टेबल पर रखे हुए हैं। चश्मा टेबल पर रखा है, ड्रेस खूँटी पर टँगी है। मतलब वह थाने का मुंशी है। सामने बेंच पर दो-तीन चड्डी-बनियानवाले और बैठे हुए हैं। शरीर एकदम सूखा हुआ है। चेहरा दुबला-पतला, गाल की हड्डियाँ उभरी हुईं, गाल भीतर को पिचके हुए। लेकिन मूँछें बहुत बड़ी घनी-घनी-सी। चेहरे पर अलग से लाकर फिट की हुई-सी, चेहरे से भी बड़ी लगने वाली। इनकी भी ड्रेसें खूँटी पर टँगी हुई हैं। तंबाकू की चुनौटी टेबल पर। एक व्यक्ति बड़े इत्मीनान से तंबाकू मलने में व्यस्त, बाकी ललचाई नजरों से तंबाकू को देखते हुए। तय बात है कि ये लोग सिपाही हैं। हॉल के पीछे छोटा-सा गलीनुमा कमरा, जिसमें कुछ लोग सोए हुए। डंडे बगल में रखे हुए हैं। टोपियाँ मोड़कर जेब में रखी हुई हैं। मतलब सिपाही अथवा उनसे नीचे स्तर के गार्ड। ड्यूटी के समय सोने का सर्वोत्तम स्थान वह गलीनुमा कमरा। बाहर बरामदे से लगा हुआ एक कमरा, जिसके दरवाजे पर परदा लटका हुआ। अर्थात् थानेदार के बैठने की जगह। कुल मिलाकर भीतर का निरीक्षण करने पर भी यह तय पाया गया कि यह भारतवर्ष का कोई थाना ही है।

कमरे में थानेदार बैठा है। सामने टेबल, टेबल पर रेक्जीन, रेक्जीन के ऊपर काँच, उसके ऊपर पेन स्टैंड, स्टैंड में कोई पेन नहीं। कोने में टेबल लैंप, जिसमें बल्ब नहीं। दूसरे कोने में टेलीफोन, जो कई जगह से टूटा व तड़का हुआ। टेबल पर काँच का गोल पेपरवेट। थानेदार खाली बैठा पेपरवेट को काँच पर घुमा-घुमाकर तल्लीनता से देख रहा है। थोड़ा बदहवास, परेशान-सा पसीने से तर-ब-तर एक व्यक्ति का हाथ जोड़कर कमरे में प्रवेश।

थानेदार पेपरवेट घुमाना जारी रखते हुए बोला, "क्या है?"

व्यक्ति—"चोरी हो गई, हुजूर!"

थानेदार—"कहाँ?"

"मेरे घर में।"

"कब?"

"आज रात को।"

"घर कहाँ है?"

"फोकटपारा में।"

"फोकटपारा कहाँ है?"

"इसी शहर में।"

"अरे, इसी शहर में तो मैं भी जान गया, मगर कहाँ?"

"हुजूर, वो जहाँ अवैध शराब बिकती है ना, वहीं उससे लगा हुआ मोहल्ला फोकटपारा कहलाता है।"

"अच्छा-अच्छा। ऐसे ही पहले नहीं समझाना था! अच्छा यह बताओ, चोरी कैसे हुई?"

"चोर छत से कूदकर भीतर आया, कमरे का ताला तोड़ा, फिर भीतर आलमारी का ताला तोड़ा और रुपए तथा सामान चुराकर ले गया।"

"कितने रुपए थे?"

"लगभग एक हजार रुपए थे, हुजूर!"

"क्या काम करते हो?"

"शिक्षक हूँ।"

"शिक्षक होकर इतने रुपए कहाँ से लाए?"

"थोड़ा-थोड़ा करके जोड़ता था, हुजूर!"

"बैंक में जमा क्यों नहीं किए?"

"कुछ नगद रुपए वक्त-जरूरत के लिए हाथ में रखना भी जरूरी होता है, साहब। और फिर बैंक में जमा करने लायक रुपए बचते ही कहाँ हैं!"

"तुम झूठ बोलते हो। शिक्षक के पास एकमुश्त हजार रुपए हो ही नहीं सकते हैं!"

"मैं झूठ क्यों बोलूँगा, हुजूर! झूठ बोलने से मुझे क्या फायदा होगा?"

"होगा कोई बहाना। जुए-वुए में कहीं हार गए होगे। अब घरवालों को सफाई देने के लिए रिपोर्ट लिखाने आ गए हो।"

"नहीं साहब, सचमुच ही चोरी चले गए हैं।"

"और क्या-क्या चीज चोरी गई है ?"

"कुछ बरतन, थाली, लोटा, गिलास, गंजी उसी आलमारी में रखे थे, वे भी चोरी चले गए हैं।"

"ठीक है, जाओ मुंशीजी के पास रिपोर्ट लिखवा दो।"

रिपोर्ट लिखाकर वह शिक्षक थानेदार के कमरे में लौटा। थानेदार ने आदेश दिया—"कमरे की किसी चीज को छूना-छेड़ना नहीं। हम शाम को आकर मौके का मुआयना करेंगे।"

"शाम तक तो मुझे परेशानी हो जाएगी, साहब। घर का सारा गुजर-बसर उसी कमरे से चलता है।"

"वो सब हम नहीं जानते हैं। चोरी हुई है। अब मामला पुलिस का हो गया है। मौका-ए-वारदात को छेड़ना कानूनन जुर्म है।"

"अभी चलकर देख लेते तो थोड़ी सुविधा हो जाती, हुजूर!"

थानेदार पेपरवेट जरा जोर से घुमाते हुए बोला, "देखते नहीं। अभी हम बिजी हैं। शाम को फुरसत मिलेगी, तब आएँगे।"

शाम को एक थानेदार, दो हवलदार और पाँच सिपाही शिक्षक के यहाँ पहुँचे। पहुँचते ही थानेदार ने शिक्षक को एक पैकेट विल्स सिगरेट और एक दस्ता कोरा कागज मँगवाने का ऑर्डर दिया। मोहल्लेवालों को यकीन हो गया कि वे थानेदार ही हैं, कोई डकैत नहीं हैं। इस बीच सिपाहियों ने घर की खटिया, टेबल, कुरसी को डंडे से ठोक-ठोककर यह देख लिया कि कहीं चोर उसमें छिपे हुए तो नहीं हैं। एक हवलदार ने तो दीवार में टँगे कैलेंडर को उठाकर वहाँ चोरों के नहीं होने की ठीक तरह से तसल्ली कर ली। एक हवलदार ने इसी बीच सबके लिए चाय बनाने का आदेश शिक्षक के घरवालों को दिया।

थानेदार ने पूछा—"चोरी कहाँ से हुई ?"

शिक्षक ने कमरे में ले जाकर आलमारी बता दी। थानेदार ने आलमारी का निरीक्षण किया। रुपए कहाँ रखे थे, बरतन कहाँ रखे थे—इसकी जानकारी ली। आलमारी में कपड़े, दवाइयाँ, खाली शीशियाँ, टीन के डब्बों के साथ ही एक टूटा हुआ ट्रांजिस्टर भी रखा हुआ था। थानेदार की आँखें चमक उठीं।

थानेदार ने पूछा—"चोर आलमारी से रुपए और बरतन ले गया तो इस ट्रांजिस्टर को क्यों नहीं ले गया ?"

शिक्षक ने कहा—"चोर के दिमाग के बारे में मैं क्या बता सकता हूँ, हुजूर! मैं तो यह बता सकता हूँ कि चोर मेरे हजार रुपए और बरतन चुराकर ले गया है।"

थानेदार ने मंद-मंद मुसकराते हुए कहा—"रुपए आलमारी में होते तभी तो चोरी जाते! मुझे तो पहले ही शक था कि चोरी नहीं हुई है, झूठी रिपोर्ट लिखाने आ गए थे। इस आलमारी में इतना सब सामान भरा पड़ा है, चोर उन्हें क्यों नहीं ले गया?"

इसपर वह शिक्षक थानेदार को लाख समझाता रहा, सफाई देता रहा कि वाकई उसके यहाँ चोरी हुई है, लेकिन थानेदार ने करमचंद जासूस के अंदाज में जो निष्कर्ष एक बार निकाल लिया, तो फिर उससे हिलने का नाम नहीं लिया। शिक्षक की चाय पीकर, विल्स सिगरेट का पैकेट जेब में रखकर और कोरे कागज को चमड़े के बैग में डालकर थानेदार और सिपाही वहाँ से लौट गए।

पुलिस तो अपना काम करके लौट गई, शिक्षक बेचारे पर दुहरी मार पड़ गई। चोरी में नुकसान हुआ सो तो अलग है, मोहल्लेवाले जो अब तक उससे सहानुभूति रखे हुए थे, वह भी खत्म हो गई; क्योंकि थानेदार की दलील सुनकर मोहल्लेवाले भी शिक्षक को जुआरी मानने लगे थे।

रात्रि को पत्रकारों द्वारा घटना के संबंध में पूछे जाने पर थानेदार ने बड़ी दृढ़तापूर्वक घटना का विवरण देते हुए सिद्ध कर दिया कि चोरी नहीं हुई थी। शिक्षक द्वारा अपनी गलतियों को छुपाने के लिए झूठी रिपोर्ट लिखाई गई है।

लेकिन चोर का दुर्भाग्य! एक माह बाद ही वह पकड़ा गया। हुआ यूँ कि नगर की बरतनों की एक दुकान में शिक्षक के यहाँ के चोरी के बरतन बेचने चोर चला गया। बरतन पर लिखे नाम के आधार पर दुकानदार को शंका हुई। उसने चोर से पूछताछ करनी शुरू कर दी। पूछताछ से चोर हड़बड़ा गया। शंका दृढ़ होने पर चोर और बरतन को लेकर दुकानदार थाने पहुँच गया।

थानेदार अपने कमरे में बैठे पेपरवेट घुमा रहे थे। पूछताछ में चोर ने शिक्षक के यहाँ से रुपए, बरतन चोरी करना स्वीकार कर लिया। थानेदार पेपरवेंट घुमाना भूल गए। बरतन पूरे बरामद हो गए। रुपए सब खर्च हो गए थे।

शिक्षक को खबर भेजकर थाने बुलवाया गया। थानेदार ने पहले एक पैकेट विल्स सिगरेट और एक दस्ता कोरा कागज मँगवाने को कहा। सिपाहियों ने चाय का ऑर्डर देने को कहा। यह तय हो गया कि घर हो या थाना, थानेदार-सिपाहियों का हर जगह एक-सा व्यवहार रहता है।

शिक्षक से शिनाख्त करवाकर तसल्ली कर ली गई कि बरतन उसी के हैं।

थानेदार ने पेपरवेट जोर से घुमाते हुए गर्वपूर्वक शिक्षक से कहा—"देखा, मैंने कहा था ना, चोर कितना ही चालाक हो, मेरे हाथों से बचकर नहीं जा सकता। आ गया न मेरे चंगुल में।"

शिक्षक ने थोड़ा हिचकिचाते हुए कहा—"लेकिन आप तो मान नहीं रहे थे कि चोरी हुई है।"

थानेदार थोड़ा अकड़ते हुए बोला, "मानते नहीं तो तुम्हारे यहाँ जाँच में कैसे जाते! एक महीने तक चोर को पकड़ने के लिए रात-दिन पीछा कैसे करते रहते! देखते नहीं हो, लगातार भाग-दौड़ के बाद यह स्साला हाथ लगा है।"

शिक्षक ने चुप रहने में ही अपनी भलाई समझी। यह तय हो गया कि जिसके हाथ में अधिकार होता है, वह कभी झूठ नहीं बोलता है।

थानेदार द्वारा पत्रकारों को बुलवाया गया। पत्रकारों को थानेदार ने बताया कि "श्रीमान् एस.पी. साहब के मार्गनिर्देशन में श्री डी.एस.पी. साहब की योजनानुसार श्रीमान् सर्किल साहब के नेतृत्व में मैंने मय स्टाफ के कड़ी घेराबंदी करके चोर को पकड़ने में सफलता हासिल की है।"

एक पत्रकार ने पूछा—"लेकिन हमें तो यह जानकारी हुई है कि किसी बरतन-दुकानदार ने शंका के आधार पर चोर को गिरफ्तार करवाया है?"

थानेदार ने पेपरवेट जोर से घुमाते हुए कहा—"स्साला दुकानदार क्या खाक चोर को पकड़वाएगा! चोरी के बरतन खरीदकर ही तो वह लखपति हो गया है। दरअसल जनाब एस.पी. साहब के मार्गनिर्देशन में हम लोग एक महीने से योजनाबद्ध ढंग से चोर के पीछे लगे हुए थे। चोर का किसी भी तरफ से बचकर निकलना मुश्किल हो गया था। असल में दुकानदार को अचानक आभास मिल गया कि चोर के पीछे पुलिस घात लगाकर लगी हुई

है। इसी से वह डर गया कि चोरी का माल खरीदने के अपराध में चोर के साथ ही वह भी कहीं पकड़ न लिया जाए। इसीलिए ईमानदारी जताने के उद्‌देश्य से थाने में सूचना देने चला आया।''

यह तय हुआ कि ईमानदारी के मामले में किसी भी वर्ग की तुलना पुलिस से की जाए, पुलिस ही ईमानदार सिद्ध होगी।

दूसरे पत्रकार ने थानेदार से पूछा—''लेकिन चोरी के वक्त तो आप बता रहे थे कि कोई चोरी नहीं हुई है। शिक्षक द्वारा झूठी रिपोर्ट लिखाई गई है?''

थानेदार ने एक बार जोर से पेपरवेट को घुमाया और उसकी गति पर आँखें स्थिर करते हुए बोला—''वह तो मैंने जानबूझकर चोरों को धोखे में रखने के लिए प्रचारित करवाया था, ताकि चोर निश्‍चिंत हो जाएँ। इसी से चोर पुलिस की ओर से निश्‍चिंत हो गए और चोरी का माल बेचने बाजार में ले आए। दरअसल श्रीमान् एस.पी. साहब की यही असली प्लानिंग थी।''

यह तय हुआ कि हर स्थिति में पुलिस अपनी बात को किसी भी तरह सिद्ध करना जानती है।

पत्रकारों का मूड देखकर थानेदार थोड़ा चिंतित हुआ। पेपरवेट को जोर से घुमाते हुए वहीं खड़े शिक्षक को आवाज दी और दहाड़कर कहा—''देखते नहीं, नगर के प्रतिष्ठित लोग आए हुए हैं। जाओ, जरा जल्दी से सात-आठ प्लेट मीठा-खारा और कॉफी बोलकर आ जाओ। और हाँ, पान-सिगरेट साथ में लेते आना।''

शिक्षक कमरे से बाहर निकला और पत्रकारों ने डायरी बंद की। पेन जेब में रखकर कुरसियों पर आराम से पसर गए।

यह तय हुआ कि किस व्यक्ति से कैसे निपटा जाए, थानेदार अच्छी तरह जानते हैं।

●

पुलिस प्रशिक्षण से साक्षात्कार

ईश्वर शर्मा

पुलिस को प्रशिक्षण दिया जाएगा—यह खबर सुनकर आश्चर्य हुआ। क्या अब तक भारतीय पुलिस बिना प्रशिक्षण लिये ही जनसेवा कर रही थी? यदि यह सही है, तो पुलिस विभाग को विशेष पुरस्कार मिलना चाहिए, क्योंकि इन इकतालीस वर्षों में पुलिस ने जो अद्वितीय कार्य-कुशलता का परिचय दिया है, उसकी कोई तुलना नहीं की जा सकती। बिना प्रशिक्षण प्राप्त किए तो यह हाल है, प्रशिक्षण लेने के बाद तो नागरिकों का भगवान् ही मालिक होगा।

हमारे थाने के थानेदार घर से निकलते ही पहले थाने के बगल में बने हनुमानजी के मंदिर में मत्था टेकते हैं, माथे पर सिंदूर का टीका लगाते हैं और फिर दिन-भर थाने में बैठकर लोगों की आरती उतारते हैं। वे यह काम नियमपूर्वक करते हैं। मंदिर जाना उनकी श्रद्धा है और थाने में आरती उतारना उनका सिद्धांत है। थाने से लौटते समय वे पुनः मंदिर में मत्था टेककर थाने का हिसाब बराबर करते हैं। नियमपूर्वक मंदिर में मुलाकात होते-होते मेरी उनसे अच्छी जान-पहचान हो गई। वैसे सच बात तो यह है कि मैं जानबूझकर उसी समय मंदिर पहुँचता था, जब थानेदार साहब वहाँ होते थे। क्यों? इसलिए कि मैं जानता था कि हमारे प्रजातंत्र में हनुमानजी की अपेक्षा थानेदार की गुड बुक्स में रहना ज्यादा अच्छा है। विपत्ति में हनुमानजी की अपेक्षा थानेदार पर भरोसा अधिक साथ देता है।

एक दिन थानेदार साहब का मूड अच्छा देखकर मैंने पूछा, ''क्यों साहब, सुना है, पुलिस को प्रशिक्षण दिया जाएगा? मुझे बताइए कि थाने के सिपाहियों को कौन-सा प्रशिक्षण देंगे आप?''

वह बोले, ''कई मुद्दे हैं, जिनके संबंध में पुलिस को प्रशिक्षित करना है।''

मैंने आश्चर्य प्रकट करते हुए पूछा, ''क्यों, ऐसे भी मुद्दे बचे हुए हैं, जो पुलिस की पकड़ के बाहर हैं? लोगों का खयाल तो यह है कि मामला चाहे जैसा भी हो, पुलिस अपना गणित बिठा ही लेती है।''

थानेदार बातें करते हुए मत्था टेकने लगे थे। मत्था टेककर उठते हुए उन्होंने हनुमानजी की प्रतिमा से सिंदूर लेकर अपने माथे पर तिलक लगाया और फिर मुझे टीका लगाते हुए बोले—''कहना तो तुम्हारा ठीक है कि पुलिस हर मामले को सँभाल लेती है, लेकिन कई मामलों में सफाई की कमी रह ही जाती है। इस प्रशिक्षण से पुलिस के हर काम में सफ़ाई आ जाएगी।''

मैंने जानना चाहा, ''कौन-कौन से मुद्दे हैं, जिनमें पुलिस को प्रशिक्षित करने की आवश्यकता महसूस की जा रही है?''

''पहला मुद्दा तो प्रजातांत्रिक मूल्यों की रक्षा का है।'' थानेदार साहब ने बताया।

सही ढंग से बात को समझने के उद्देश्य से मैंने पूछा, ''प्रजातांत्रिक मूल्यों की रक्षा, आम लोगों से या पुलिस से?''

थानेदार ने त्योरी चढ़ा गुर्राते हुए कहा, ''आम लोगों से।''

उनके कहने का आशय मैं पूरी तरह समझ गया। कुछ उनकी बात से और कुछ उनके तेवर से, इसलिए मैंने शीघ्रतापूर्वक सिर हिलाकर उनका समर्थन किया।

मैंने कहा, ''इसका अर्थ यह हुआ कि अपने अधिकारों की माँग के लिए अब जो प्रदर्शन या आंदोलन किए जाएँगे, उनपर लाठी-गोली नहीं चलनी चाहिए।''

थानेदार ने बताया, ''यह तो कानून-व्यवस्था बनाए रखने के लिए जरूरी है, इसका प्रजातांत्रिक मूल्यों की रक्षा से कोई संबंध नहीं है।''

''तब फिर थाने में पहुँचनेवाले प्रत्येक पीड़ित नागरिक की रिपोर्ट

बिना पैसे लिये लिखी जाएगी और दूसरे पक्ष से रुपए लिये बिना उसे सही संरक्षण दिया जाएगा?"

"यह सब करना तो पुलिस का मौलिक अधिकार है। किसी के मौलिक अधिकारों का हनन नहीं होने देना भी प्रजातांत्रिक मूल्यों की रक्षा के तहत आता है। हम यह कार्य कैसे कर सकते हैं?"

"फिर तो आप ही समझा दीजिए कि इसके तहत क्या प्रशिक्षण दिया जाएगा?" मैंने लगभग हथियार डालते हुए कहा।

थानेदार ने समझाते हुए बताया, "देखो, प्रजातंत्र में सबसे महत्त्वपूर्ण चीज होती है चुनाव, और चुनाव में जीती हुई सरकार। प्रजांतांत्रिक मूल्यों की रक्षा का मतलब हुआ सरकार तथा सरकार द्वारा लड़े जानेवाले चुनावों की रक्षा करना। उनके हित में जो भी कार्य होंगे, उसे करने का प्रशिक्षण पुलिस को देना।"

मैंने पूछा, "क्या पुलिस की आम नागरिकों के प्रजातांत्रिक अधिकारों की रक्षा करने की जिम्मेदारी नहीं बनती?"

थानेदार समझाने लगे, "जिस देश का आम नागरिक अपने अधिकार ही नहीं जानता-समझता, उसकी रक्षा की बात ही कहाँ पैदा होती है! और फिर सरकार भी तो आखिर ज़नता का ही प्रतिनिधित्व करती है। सरकार के अधिकारों की रक्षा करने का मतलब है कि जनता के अधिकारों की रक्षा हो रही है।"

"लेकिन पुलिस के मौलिक अधिकारों की रक्षा के प्रति तो आप चिंतित हैं।"

"पुलिस भी आखिर सरकार का ही एक अंग है। यदि पुलिस के स्वार्थों की पूर्ति नहीं हुई तो सरकार की मजबूती में ही कमजोरी आ गई समझा जाएगा।"

"अच्छा छोड़िए प्रजातांत्रिक मूल्यों की रक्षा। आप अपने ढंग से उसे करते रहिए, मुझे तो यह समझाइए कि और किन-किन मुद्दों पर प्रशिक्षण देना है पुलिस को?"

"महिलाओं, छात्रों, नेताओं तथा अपराधियों से पुलिस का व्यवहार कैसा होना चाहिए, इसका प्रशिक्षण देना जरूरी है।"

"महिलाओं से तो पुलिसवालों ने बड़े आत्मीय संबंध बनाकर रखे

हैं। इससे भी अधिक आत्मीयता बनाने की आवश्यकता है क्या?''

थानेदार गद्‌गद हुए। हनुमानजी की भक्ति उनके चेहरे से टपक रही थी। बोले, ''महिलाओं से पुलिस के संबंध तो प्रगाढ़ हैं, लेकिन कई बार हल्ला मच जाता है और पुलिस की बदनामी होती है। इसका अर्थ यही हुआ कि कहीं-न-कहीं पुलिस के आतंक में कमी है; अन्यथा मजाल है, कोई पुलिस कार्यवाही के विरुद्ध चूँ तक बोल जाए। हमें इस संबंध को और प्रगाढ़ करना है, ताकि पुलिस की बदनामी न हो पाए।''

''छात्रों के साथ कैसा संबंध रखना चाहते हैं आप लोग?''

''छात्रों के प्रति हमें कूटनीति से काम करने का प्रशिक्षण देना है।''

''कैसे?''

''छात्र समुदाय जब तक संगठित रहे, यूनियनबाजी करता रहे, तब तक उसके विरुद्ध हमें कोई कार्यवाही नहीं करनी है। केवल रिपोर्ट लिखते जाना है। जब वह पढ़ाई पूरी कर ले, कहीं व्यापार-धंधे में लग जाए या नौकरी में फिट हो जाए, तब पुरानी रिपोर्ट के आधार पर उसे गिरफ्तार कर उसकी नेतागिरी घुसेड़ देने का प्रशिक्षण देना है।''

''यह तो एक तरह का विश्वासघात हुआ।''

''तो क्या पहले कार्यवाही कर हमें छात्र-आंदोलन का सामना करना है, या ट्रांसफर-सस्पेंड होना है!''

मैंने बात को टालते हुए कहा, ''और नेताओं से कैसा संबंध रखा जाएगा?''

''कौन नेता सत्ता से कितना करीब या दूर है, कौन किसका चमचा है या विरोधी है, इस आधार पर नेताओं से पुलिस का संबंध तय होगा।''

''मतलब यह हुआ कि नेताओं के संबंध में कायदे-कानून का कोई काम नहीं है। इनके सत्ता से संबंधों के आधार पर ही पुलिस काम करेगी, क्यों?''

''नेता भी यदि कायदे-कानून के दायरे में आने लगे, तो फिर व्यवस्था की गाड़ी खिंचेगी कैसे? आम लोगों से हटकर नेताओं को इतना विशेषाधिकार तो देना ही होगा।'' थानेदार ने नीति निर्देशक सिद्धांतों का विश्लेषण करते हुए बताया।

मैंने आगे जानना चाहा—''और अपराधियों के बारे में क्या प्रशिक्षण दिया जाएगा?''

"पुलिस से अपराधियों के संबंध कैसे होंगे, यह कई तथ्यों के आधार पर तय किया जाएगा।"

"वे कौन-कौन से तथ्य हैं?"

"अपराधी किस नेता, मंत्री, अमीर, दादा या फिर पुलिसवाले का रिश्तेदार या उसका करीबी है, इसके अनुसार पुलिस द्वारा अपराधी को सम्मान दिया जाएगा।"

"और अपराधी के पास इनमें से कोई भी योग्यता न होने पर?"

"पुलिस के पास जितने पैंडिंग मामले हैं, जिनमें अपराधी नहीं मिल रहे हैं, उन सब मामलों के अपराधों में उसे बुक कर देने का प्रशिक्षण दिया जाएगा।"

"लेकिन यह कार्य तो आज भी किया जा सकता है। इसके लिए विशेष रूप से प्रशिक्षण देने की बात क्या है?"

"अभी ज़ो कार्य होता है, उसे वैज्ञानिक तरीके से नहीं किया जाता है। इससे पुलिस की पोल खुल सकती है और बदनामी होती है।"

पुलिस-कर्म और प्रशिक्षण की चर्चा करते-करते थानेदार साहब और मैं थाने पहुँच गए थे, जहाँ एक व्यक्ति को किसी गंभीर अपराध को स्वीकार करने के लिए सिपाहियों द्वारा 'अक्लदान' लेकर धमकाया जा रहा था। वह व्यक्ति, जो कि सभ्य और सीधा दिखाई देता था, बार-बार विनती कर रहा था कि उसने वह अपराध नहीं किया है, लेकिन ताजा-ताजा प्रशिक्षण प्राप्त सिपाही यह बात मानने को कतई तैयार नहीं था और इस सभ्य नागरिक के पृष्ठभाग पर अक्लदान लगाए जा रहा था।

थानेदार ने वहाँ पहुँचते ही कड़ककर सिपाही से पूछा, "क्यों रामभजन सिंह, क्या बात है?"

रामभजन ने जेब में रखी टोपी निकालकर सिर पर लगाई और अटेंशन की मुद्रा में आकर दोनों एड़ियाँ उचकाकर सेल्यूट मारते हुए कहा, "जनाबजी, हत्या का एक मामला कई महीनों से पैंडिंग है। श्रीमान् एस.पी. साहब भी इसके लिए कई बार डाँट चुके हैं। इसलिए प्रशिक्षण के अनुसार इसे तैयार करने में लगा हूँ, लेकिन स्साला मानता ही नहीं है।"

थानेदार ने प्रशिक्षण की कमजोरी बताते हुए पूछा, "कोई आई विटनेस मिला?"

"नहीं मिला है, जनाबजी।" रामभजन ने बताया।

"जब विटनेस ही नहीं मिला तो अपराधी कैसे मिलेगा! अपराधी पकड़ना हो तो पहला काम विटनेस खोजना होता है। मिल जाएगा तो अपराधी क्या, उसके बाप को भी अपराध कबूल करना पड़ेगा, समझे?"

"बहुत अच्छा, जनाबजी! मैं पहले विटनेस तैयार करता हूँ, फिर इस स्साले को ठीक करता हूँ।"

"कब से नौकरी कर रहे हो पुलिस की? सामने शर्माजी बैठे हैं और कह रहे हो, विटनेस तैयार करता हूँ। दिखता नहीं तुम्हें?" थानेदार ने गरजकर कहा और मेरी ओर मुखातिब होते हुए पूछा, "क्यों शर्माजी, बोलो, इस स्साले मादर...ने हत्या आपके सामने ही की थी न?"

मैंने साहस करके मना करने का विचार किया, लेकिन थानेदार की लाल आँखें और मेरे पीछे खड़े रामभजन के हाथ में लपलपाता अक्लदान देखकर मेरी घिग्घी बँध गई। शायद थानेदार साहब को मेरी स्वीकृति की आवश्यकता ही महसूस नहीं हो रही थी।

मंद मुसकान के साथ उन्होंने रामभजन को आदेश देते हुए कहा, "चलो, शर्माजी का बयान ले लो जल्दी से।"

थाने में अर्धबेहोशी की हालत में कथित हत्या के अपराधी को देखते हुए मुझे अच्छी तरह समझ में आ गया कि पुलिस प्रशिक्षण का क्या महत्त्व है।

●

डॉली बिटिया

गजेंद्र तिवारी

जीप-टैक्सी के भीतर आठ-दस सवारियाँ बैठ चुकी थीं। शाम के साढ़े सात बज चुके थे। जीप-टैक्सी नगर के मुख्य चौक पर खड़ी थी। यह आखिरी वाहन था। इसके बाद कोई यात्री-बस नहीं थी। पैसेंजर ट्रेन थी जरूर, लेकिन उसका कोई ठिकाना नहीं रहता था कि वह कब आएगी! रोज नियम से लेट आना उस ट्रेन का नियम था। लिहाजा, उस जीप-टैक्सी में बैठे हुए यात्रियों के लिए वही एकमात्र साधन था, अपने-अपने गंतव्य स्थलों तक पहुँचने के लिए।

ड्राइवर ने फर्स्ट गीयर लगाकर गाड़ी अभी बढ़ाई ही थी कि एक ठोला (सिपाही) आ गया। उसने ड्राइवर से कहा कि थाने चलो, साहब बुला रहे हैं। साहब यानी नगर के आला थानेदार यानी नगर कोतवाल!! ड्राइवर ने एक बार उस ठोले को देखा, फिर सवारियों को देखा; लेकिन कह कुछ नहीं पाया। चुपचाप गाड़ी बढ़ाई और थाने की चहारदीवारी के भीतर हो लिया। चौक से थाना बहुत ज्यादा दूरी पर नहीं था।

थाने के सामनेवाले पीपल के पास ही कोतवाल साहब टहल रहे थे। टहल रहे थे मस्ती के साथ, झूमते हुए। यह कोई ऐसी बात नहीं है कि जिसका जिक्र किया जाए, लेकिन कोतवाल साहब का इधर-उधर डोलता बदन देखकर बिना जिक्र किए रहा भी नहीं जा सकता। कोई यह न समझे कि वे बावरदी थे उस समय। उन्होंने किसी से सुन रखा था कि सफेद

कुरता और सफेद पाजामा पहनने से आदमी शरीफ दिखाई देने लगता है, इसलिए वे अधिकतर समय कुरते-पाजामे के भीतर ही गुजारते थे।

ड्राइवर ने कोतवाल साहब से बीस-पच्चीस मीटर की दूरी पर ही गाड़ी रोक दी। जीप से उतरकर वह तथा उसका क्लीनर दोनों कुछ देर तक कोतवाल साहब के पीछे-पीछे चलते रहे। बोलने की हिम्मत नहीं हुई उनकी। तभी कोतवाल ने उन्हें देख लिया। बोले कुछ नहीं। केवल एक प्रश्निल हुँकार भरी, "हूँ?"

ड्राइवर ने डरते-डरते अर्ज किया, "साहब, सवारियाँ बैठा चुका हूँ जीप में..." और उसने वाक्य अधूरा छोड़ दिया। कोतवाल से बात करते वक्त वाक्य पूरा नहीं करने का उसके मालिक का हुक्म था। कोतवाल ने दोबारा हुँकार भरी, "हूँ!" ड्राइवर और क्लीनर उलटे पाँव बिना कुछ बोले एबाउट-टर्न हो गए। पता नहीं, इस दूसरी हुँकार में ऐसा क्या था! जब ड्राइवर पाँच मीटर दूर पहुँच गया कोतवाल से, तब बोला, "मैं सवारी उतारकर आता हूँ, साहब।" साहब बड़े मितभाषी थे। बिना कुछ बोले उन्होंने तीसरी बार हुँकार भरी, "हूँ!" उनकी धारावाहिक हुँकारों से 'डगमगाहि महि दिग्गज डोला' वाला आलम दिखाई देने लगा था वहाँ पर।

इधर ड्राइवर जीप के पास आया, उधर साहब ने थाने की मुख्य इमारत तक का बचा हुआ रास्ता भी कुछ-कुछ भरतनाट्यम् जैसा करते हुए तय कर लिया। इस बीच ठोले बाहर खुले में फ्लेगपोस्ट के पास लाकर एक मेज, तीन कुरसियाँ और एक बेंच जमा चुके थे। जो सबसे अच्छी कुरसी थी उसपर धप्प से जाकर साहब बैठ गए।

ड्राइवर ने सवारियों से अनुनय के स्वर में कहा—"साहब नहीं मान रहे हैं..." और उसने एक बार फिर वाक्य अधूरा छोड़ दिया। पता नहीं उसके मालिक ने उसे सवारियों के साथ बात करने के लिए भी वही फार्मूला बता दिया था क्या, जैसाकि कोतवाल के साथ बात करने बाबत बताया था। सवारियाँ समझदार थीं। आम हिंदुस्तानी नागरिक समझदार होता है, अमूमन। लिहाजा सभी उतर गए, खामोशी के साथ। ऐसी खामोशी से; जैसे कहीं कुछ हुआ ही न हो। हमारे लोकतंत्र के भीतर नागरिकों की शायद यही नियति है कि खामोशी बनाए रखो, इसी में भलाई है।

ड्राइवर ने राहत की साँस ली। वह तथा उसका क्लीनर इस बार लगभग दौड़कर साहब के पास गए और कहा, "साहब, सवारियों को उतार दिया है।"

साहब ने अपनी चौथी हुँकार भरी और जाब्ता फौजदारीवाली एक टाँग टेबल पर रखकर सिगरेट सुलगा ली। इसी बीच जीप से उतरी सवारियों ने आपस में कुछ बातचीत की और साहब से 'बात करके देखने' का निर्णय लिया। एक कौम के नजरिए से यह निर्णय अत्यंत क्रांतिकारी था। पुलिसवालों से 'बात करके देखने' का आम आदमी का फैसला कोई छोटी-मोटी बात नहीं हुआ करती। ये सभी लोग करीब-करीब एक जुलूस की शक्ल में वहाँ पहुँचे, जहाँ साहब विराजमान थे।

एक यात्री बोला, "साहब, हम लोगों के लिए यह आखिरी गाड़ी है। इसके बाद कोई साधन नहीं है···।" इसने भी वाक्य अधूरा छोड़ दिया। दूसरे ने कहा, "साहब, वाइफ को मेटरनिटी होम ले जा रहा हूँ। अगर आप जीप को छोड़ देते तो···।" 'मेटरनिटी होम' सुनते ही साहब ने धुएँ का एक लंबा सुरसुरा छोड़ा और अपनी बकाया, ताजीरात हिंदवाली टाँग भी मेज पर रख दी। तीसरे यात्री ने कहा, "साहब···।" लेकिन उसके कुछ बोलने से पहले ही साहब ने कथकली जैसी कर रही वाणी में कहा—

"तो हम क्या करें? हमने क्या ठेका ले रखा है सब लोगों का···?"

"इसमें ठेके का तो कोई सवाल ही नहीं है, साब···।" चौथा यात्री बोलते-बोलते रुक गया, क्योंकि थाने के भीतर से उसे दबी-दबी-सी चीख सुनाई पड़ गई थी। भीतर शायद किसी भाग्यवान् को देशभक्ति और जनसेवा का 'प्रथमोपचार' दिया जा रहा था।

उस यात्री ने इसके बाद कुछ नहीं कहा। उसने भी वाक्य अधूरा छोड़ा और लगभग डबल-अप करते हुए आनन-फानन में थाने से बाहर यह जा, वह जा!!

उसके बाद तो यह स्थिति हो गई कि उधर भीतर से एक चीख सुनाई देती, इधर एक यात्री खिसक लेता। प्रति चीख एक की दर से वहाँ से सभी लोग फूट लिये।

पुलिस का अपना गणित होता है, अपनी फिलॉसफी होती है। आमतौर पर इस दुनिया में जो होता है, वह पुलिस-थानों में नहीं हुआ करता। दुनिया

में रहकर भी थाना दुनिया से बाहर होता है। उसी तरह पुलिसवाले रहते तो इस धरती पर हैं; पर उनका व्यवहार इस धरती के किसी भी आदमी के व्यवहार से मेल नहीं खाता। दरअसल, वे एक निराली ही दुनिया में रहनेवाले सर्वथा निराले किस्म के लोग होते हैं। वैसे, कुछ जल्दबाज तथा उग्र किस्म के लोग कहते हैं, माननीय इलाहाबाद हाई कोर्ट के एक फैसले के हवाले से, कि पुलिस और डाकू में कोई भेद नहीं होता। हम विनम्रतापूर्वक इससे इत्तफाक करते हैं। हमारा मानना है कि डाकू और पुलिस की बराबरी या तुलना करना एकदम गलत है, बिलकुल गलत है और सरासर गलत है। (डाकुओं में फिर भी कुछ तो इनसानियत होती है।) खैर!

हम तो यह सोच रहे हैं कि कैसे पता लगाएँ कि आखिर ऐसा कौन-सा इंपोर्टेंट वर्क है नगर कोतवाल का, जिसकी वजह से उन्होंने भरी हुई टैक्सी खाली करवाकर यात्रियों को वन-टू-थ्री कर दिया। जासूसी किताबें पढ़-पढ़कर तथा 'करमचंद', 'रिपोर्टर' और 'तहकीकात' देखकर हम भी काफी कुछ जानने लग गए थे जासूसी विद्या के बारे में। उसी ज्ञान की परीक्षा आज होने वाली थी। थाने के सामने पेड़ों का एक झुरमुट था। उसकी छाया में एक ओपन-एयर होटल था, जिसे सम्मान देते हुए आसपास के लोग 'शांति-निकेतन' कहा करते थे। हम वहीं चले गए सीधे। हाफ चाय का कीमती आदेश देकर हम खड़े हो गए। खड़े इसलिए हो गए, क्योंकि बैठने की कोई व्यवस्था शांति-निकेतन में नहीं थी। हम इधर-उधर देख रहे थे, सूत्र तलाश कर रहे थे, 'कोई भी काम बिना कारण के नहीं होता। कोई-न-कोई कारण होना चाहिए।' पहुँचे हुए जासूसों की तरह हम तर्क कर रहे थे, खुद ही से रू-ब-रू होकर।

नगर कोतवाल ने अगर जीप रोकी है तो जरूर कोई महत्त्वपूर्ण कारण होगा। सवारियों को उतारा है तो जरूर कोई बात होगी। तभी हमें वह दिख गया, जिसकी हमें तलाश थी। घर का भेदी लंका ढाए।

हमने उसके लिए भी एक हाफ चाय का आदेश दे दिया। उसके कंधे पर हाथ रखकर दोस्ताना ढंग से हम उसे एक ओर ले गए और फिर उससे पता-साजी करने की कोशिश करने लगे।

बता दिया उसने। सब कुछ बता दिया। साफ-साफ बता दिया। कुछ भी छिपाया नहीं। आदमी ईमानदार था, नगर कोतवाल के साथ रहने के

बावजूद। जी हाँ, वह साहब का खानसामा था।

उसने जो बताया, वह बिना मिलावट, बिना कतर-ब्योंत और बिना संशोधन-परिवर्तन के पेशे-खिदमत है। "साहब की बिटिया को शाम से ही दर्द हो रहा है। कुछ होने वाला है। पहली मर्तबा है न, इसीलिए मेम साहब उसको अस्पताल में एडमिट करने को बोल रहे हैं। उसको ले जाने के वास्ते जीप को रोका है साहब ने।"

"ओह हो!" हमने सहानुभूति के स्वर में कहा, "अगर ऐसी बात है तो अस्पताल से एंबुलेंस बुलवा लेना था। जीप में तो झटके बहुत लगेंगे।"

"लगेंगे तो जरूर, लेकिन साहब का हुक्म जैसा है, वैसा तो करना होगा।" खानसामा बोला।

नगर कोतवाल के पारिवारिक मामले में हमें अपनी नाक घुसाने की जरूरत नहीं थी, लेकिन तो भी सहानुभूति की गरज से हमने यह पूछने में कोई हर्ज नहीं समझा, "लेडी डॉक्टर को दिखा दिया है न, कोई फिकर की बात तो नहीं है?"

शांति-निकेतन का छोकरा इसी समय चाय के गिलास लेकर आया था और गिलास हमने अभी सँभाले ही थे कि हँसी के एक तेज विस्फोट से गिलास उसके हाथ से छूट गया।

"लेडी डॉक्टर? हा, हा, ही, ही, अरे सा'ब, आप क्या समझ रहे हैं? हम कोई आदमी का बात थोड़े बोलता है, वो तो साहब का डॉली का बात बोलता है, भोत बढ़िया है, सा'ब! प्योर डॉबरमान नस्ल का है, खानदानी। उधर भिंड में हमारा साहब जब था, तब डकैत किंग मुछाकड़सिंह के अस्टैंट ने साहब को यह मिस डॉग (श्वान कुमारी) प्रेजेंट किया था, एक थ्री-नॉट-थ्री के बदले में। डॉली नाम है उसका। साहब उसको बिलकुल बेटी के माफिक चाहता है। डॉली बिटिया, डॉली बिटिया बोलकर बुलाता है। इधर तो डॉग हास्पिटल कोई नहीं है, भोत डर्टी टाउन है साहब! उसी का वास्ते उधर डिस्टीक (डिस्ट्रिक्ट हॉस्पिटल) में लेकर जाएगा साहब अपना डॉली को।"

करमचंद होता हमारी जगह अभी, तो उसे किटी शाबाशी दे रही होती, इस नायाब और शानदार जासूसी खोज पर, "सर! यू आर रियली ए जीनियस!!"

●

सद्भावना शुल्क

गजेंद्र तिवारी

हवलदार ने गुर्राते हुए कहा, "कैसे मान लें हम आपकी बात? कोई गवाह है आपके पास? कोई सबूत?" उसने चारों ओर देखा। शायद कोई परिचित चेहरा दिख जाए। लेकिन वहाँ कोई भी नहीं था, सिर्फ मरीज-ही-मरीज पड़े थे। कुछ पलंगों पर, कुछ जमीन पर।

महेश की मरहम-पट्टी तो, गनीमत है, हो चुकी थी। उसे एक पलंग भी किस्मत से मिल चुका था। दाएँ पाँव में फ्रेक्चर था और कुहनी तथा पीठ पर जख्म आए थे। खून निकला था काफी। लिहाजा ग्लूकोज की बोतल चढ़ी हुई थी। उसे नशे की सुई लगा दी गई थी। इस कारण वह सो रहा था।

ड्यूटी पर तैनात डॉक्टर अभी-अभी बाहर निकला था। कहकर गया था कि मरीज को डिस्टर्ब नहीं करना। उसने यह भी कहा था कि सवेरे तक वह आराम से सोएगा। सवेरे उठने के बाद प्लास्टर चढ़ाया जाएगा। अभी तो खपच्चियों के सहारे पट्टियाँ बाँध दी गई थीं। एक्सरे में साफ-साफ दिखाई दे रहा था कि फ्रेक्चर है। संतोष की बात यह थी कि सिर में कोई चोट नहीं आई थी।

वह लौट रहा था अपनी कार से। रात के दस-ग्यारह के बीच का वक्त रहा होगा। रास्ते में उसे ऐसा लगा कि आगे सड़क के बाजू में कोई पड़ा हुआ है। उसने गाड़ी धीमी की, लेकिन धीमी करते-करते भी वह कुछ मीटर आगे निकल गया। गाड़ी पीछे कर वह वापस उस जगह आया,

जहाँ एक स्कूटर लुढ़का हुआ पड़ा था। बुरी थी हालत स्कूटर की। स्कूटर सवार भी सड़क के एकदम किनारेवाले हिस्से के बाहर गुड़ी-मुड़ी होकर पड़ा हुआ था। उसकी लहूलुहान हालत देखकर वह एक बार तो घबरा गया।

कार की हेडलाइट के प्रकाश में जब उसने स्कूटर चालक का चेहरा देखा तो चीख पड़ा एकदम से, "अरे महेश तुम!" महेश होश में था। कराहते हुए उसने कहा, "हाँ, मैं महेश!...आप श्रीगोपाल हैं न!!" "हाँ-हाँ, श्रीगोपाल हूँ। कैसे हुआ यह सब? कब हुआ? क्या हो गया?"

इन तमाम सवालों के जवाब महेश ने कार में ही दिए। श्रीगोपाल ने अपने कंधों का सहारा देकर महेश को उठाया और फिर धीरे-धीरे कार के पास ले गया। कार के अंदर बैठाने में तकलीफ जरूर हुई; लेकिन किसी भी तरह महेश पिछली सीट पर लुढ़क गया। उसने कहा, "दर्द बहुत है!"

"घबराओ मत। आधे घंटे में हम अस्पताल में होंगे और फिर सब ठीक हो जाएगा।" श्रीगोपाल ने उसे आश्वस्त किया।

अस्पताल पहुँचकर वह सीधे इमरजेंसी की ओर लपका। वहाँ सो रहे डॉक्टर को उठाया। घटना बताई। स्ट्रेचर माँगा। जम्हाई लेते हुए डॉक्टर ने कहा, "एक्सीडेंट केस है। पहले थाने में रिपोर्ट होनी चाहिए, उसके बाद ही हम ट्रीटमेंट कर सकेंगे।" बहस करना उचित न समझ उलटे पाँवों श्रीगोपाल बाहर आया। कार स्टार्ट की और थाने भागा।

बड़ी मुश्किल से वह थाने में मौजूद मुंशी को उठा पाया। उतनी ही मुश्किल से उसने रिपोर्ट लिखाई। कागज लिया और फिर अस्पताल। अस्पताल में चिकित्सा ले-देकर पूरी हुई। बिस्तर मिला और महेश सो गया।

लेकिन वह बला फिर से लग गई पीछे। उसने हवलदार की ओर ध्यान से देखा, फिर बोला, "रात को ग्यारह बजे सुनसान सड़क पर यह घायल पड़ा हुआ था लहूलुहान। इसे उठाकर मैं लाया। थाने में रिपोर्ट लिखाई। अस्पताल में इसका इलाज कराया...और आप मुझी पर शक कर रहे हैं...!! आप कहते हैं कि मैंने ही दबा दिया इसे अपनी गाड़ी से और फिर इसे इलाज कराने ले आया यहाँ, ताकि बच जाऊँ!! मैं कहता हूँ, यह झूठ है। सरासर झूठ है!"

''यह बात आप चौथी बार बोल रहे हैं,'' हवलदार टेक्निकल पर्सोनल (तकनीकी व्यक्ति) था। उसने ठंडे स्वर में कहा, ''कानून में जज्बातों की नहीं, सबूतों की जरूरत पड़ती है। समझे आप!''

''लेकिन जो सच बात थी, वह मैंने बतला दी। सड़क के किनारे यह घायल पड़ा हुआ था। मैं आ रहा था। मैंने देखा। मानवता के नाते मैं इसे अपनी गाड़ी में यहाँ तक ले आया, इसकी चिकित्सा कराई…।'' उसने एक साँस में कहा।

हवलदार भी हवलदार था। उसने अपने महकमे के अनुरूप स्वर में कहा, ''ऐसा तो सभी कहते हैं। कौन कहता है कि मैंने तेज रफ्तार से लापरवाहीपूर्वक गाड़ी चलाकर एक्सीडेंट किया है?…आप ऐसे नहीं बताएँगे! चलिए थाने। वहीं आपका बयान लेंगे।''

''लेकिन मैं इसे इस हालत में छोड़कर नहीं जा सकता। पता नहीं कब क्या जरूरत पड़ जाए!'' उसने अपना निश्चय प्रकट किया।

''हमें इन सब बातों से कुछ लेना-देना नहीं है। चलिए, थाने चलिए!'' थोड़ा और सख्त होते हुए हवलदार ने कहा।

''अरे जनाब, जो घायल है उसी से पूछ लीजिए न कि क्या घटना हुई? सारी बात साफ हो जाएगी।'' गुजारिश की श्रीगोपाल ने।

''वह तो पूछेंगे ही, लेकिन तब, जब यह जागेगा और बयान देने की हालत में आएगा।'' हवलदार ने कड़क आवाज में कहा।

''तो ठीक है, सवेरे पूछ लेना।'' श्रीगोपाल ने कहा।

''लेकिन तब तक के लिए आपको थाने में चलना होगा।'' हवलदार बोला।

''लेकिन क्यों? मैं थाने क्यों जाऊँ?'' श्रीगोपाल ने पूछा।

''इसलिए, कि अगर सवेरे इसने बयान दिया कि तुमने इसे दबाया है, तो कल तुमको हम कहाँ खोजेंगे?''

''अरे मैं तो यहीं रहूँगा। जब इसे लाया हूँ, तब छोड़कर कहाँ जाऊँगा?'' उसने कहा।

''खैर, वह सब तो तुम बूढ़े तोते को सिखाओ मत! चलो थाने!'' हवलदार ने अल्टीमेटम देते हुए कहा।

वह तो गनीमत थी कि इसी समय महेश का भाई सुभाष वहाँ पहुँच

गया। उसे अस्पताल पहुँचते ही फोन कर दिया था श्रीगोपाल ने।

"कैसा है महेश?" चिंतित स्वर में पूछा उसने।

"ठीक है, बिलकुल ठीक है," कहते हुए श्रीगोपाल उसे महेश के पलंग के पास ले गया।

पाँच मिनट भी न बीते होंगे कि हवलदार भी वहीं पहुँच गया। उसने श्रीगोपाल को इशारा किया चलने का।

"क्या बात है?" सुभाष ने पूछा। श्रीगोपाल ने पूरी घटना उसे सुना दी।

सुभाष दुनियादारी जानता था। उसने हवलदार को अपने पीछे आने का संकेत किया और अस्पताल की लॉबी में आ गया। मुश्किल से दो मिनट में हवलदार को निपटाकर पुनः वापस आ गया, पलंग के पास।

"कहाँ है?" श्रीगोपाल ने पूछा। हँसकर सुभाष बोला, "अब तक तो कलाली में पहुँच गया होगा।"

"लेकिन तुमने उसे रुखसत कैसे कर दिया?" श्रीगोपाल ने पूछा।

"सद्भावना-शुल्क देकर, और कैसे!" सुभाष ने हँसते-हँसते जवाब दिया।

"सद्भावना शुल्क!" श्रीगोपाल ने अचरज से पूछा, "यह क्या होता है?"

"इस शुल्क की बदौलत आप सद्भावना पाने के हकदार बन जाते हैं।" सुभाष ने बताया।

"तुम्हारे इस शुल्क को धन्यवाद भैया सुभाष, और तुमको भी! तुम आ गए तो मेरी जान बची, वरना आज इसने थाने में मच्छरों और खटमलों से कसकर कटवाया होता," श्रीगोपाल ने कहा।

"भई! मोटी-सी बात है...ये लोग देवता हैं। इनको चढ़ौती चढ़ाए बिना कोई भी काम करोगे तो मुसीबत में पड़ोगे ही, बच नहीं सकते!! फिर, तुमने एक घायल की मदद करने का जो 'जुर्म' किया उसके लिए कुछ तो सजा तुम्हारे लिए भी तजबीज की जाती! जिस समय रिपोर्ट लिखाने गए थे, उसी समय तुमने शिष्टाचार का पालन कर दिया होता तो यह नौबत आती ही नहीं," सुभाष ने समझाया, "भविष्य के लिए नोट कर लो, अगर बदी करोगे तब तो इन देवताओं को टेक्स देना ही होगा; लेकिन अगर

नेकी भी करोगे तो भी टेक्स देने से बच नहीं सकते। पहले कहावत थी, 'नेकी कर दरिया में डाल', अब स्वतंत्र भारत की कहावत है, 'नेकी कर खीसे में डाल' समझे!''

''समझा और भविष्य के लिए नोट किया,'' श्रीगोपाल ने कहा, इस नए फलसफे को आदरपूर्वक ग्रहण करते हुए।

●

जरनैलसिंह मारा गया?

गिरिराजशरण अग्रवाल

'जरनैलसिंह पुलिस मुठभेड़ में मारा गया'। हमने यह समाचार पढ़ा तो उसी प्रकार राहत की साँस ली; जैसे कोई श्वास-रोगी कृत्रिम ऑक्सीजन लेकर राहत महसूस करता है। वैसे हम विश्वासपूर्वक तो यह नहीं कह सकते कि कृत्रिम साँस ऐसे रोगियों को राहत देती ही है; क्योंकि हम कभी श्वास-रोग से पीड़ित नहीं हुए। परंतु हमारी बुद्धि यह बात अवश्य स्वीकार करती है कि कृत्रिम ऑक्सीजन श्वास-पीड़ितों के लिए राहत का साधन अवश्य बनती होगी। क्योंकि अब तो आदमी का जीवन, वास्तविक चीजों से अधिक कृत्रिम चीजों पर टिका है। कृत्रिमता नहीं तो अब आदमी वास्तविकता तक पहुँच ही नहीं सकता। कृत्रिमता न हो तो आधुनिक युग की सारी आधुनिकता धुएँ के समान उड़ती दिखाई देती है। बनावटी आँसू और दिखावटी हँसी के बगैर कहीं गाड़ी चलती है जीवन की? और भई, जब गणित का बड़े-से-बड़ा पंडित भी अपने जटिल प्रश्नों को हल करने के लिए पहले कुछ-न-कुछ मानकर चलता है तो हमने यदि यह मानकर अपनी बात आरंभ की कि पुलिस मुठभेड़ में जरनैलसिंह के मारे जाने से हमने राहत की साँस ली, तब किसी को आपत्ति क्यों होनी चाहिए?

पर यह आपत्ति सबसे पहले तो भाई भोलारामजी को हुई। वह अखबार आने से पहले ही हमारे पास आ डटे थे। आज ही नहीं, बल्कि रोज ही आ डटते हैं। दरअसल बात यह है कि आदमी जब रिटायर हो जाता है तो

उसके लिए कई सारे काम बढ़ जाते हैं। जैसे घंटों-घंटों पड़ोसियों का सिर खाना, मोहल्ले में बारबर की दुकान पर निठल्ले बैठकर देर तक अखबार पढ़ना, सब्जीवालों से झक-झक करना, सेवाकाल के किस्से दोहराना और घर में बीवी-बच्चों के पास जाने से यों घबराना; जैसे कुत्ते का काटा पानी से घबराता है। सो भाई भोलारामजी 'रिटायर' व्यक्तियों के इसी चिरनियोजित कार्यक्रम पर अमल करते हुए सूरज निकलते ही हमारे पास आ जाते। गरम-गरम चाय का प्याला कंठ के नीचे उड़ेलते, सिगरेट पर हाथ साफ करते और अखबार आने तक अपने जीवन की पुरानी घटनाओं को दोहराते रहते।

हमने अखबार की सुर्खी पढ़ी—'पुलिस मुठभेड़ में जरनैलसिंह मारा गया' और राहत की साँस लेते हुए बोले—"ठीक हुआ भाई भोलारामजी! बड़ा ही खूँखार डकैत था जरनैलसिंह। दर्जनों डकैतियों और हत्याओं के केस चल रहे थे उसके ऊपर। पिछले दिनों सेठ मगनलाल के युवा पुत्र का अपहरण उसने दिन-दहाड़े भरे-बाजार कर लिया था और फिरौती में पाँच लाख रुपए लिये बगैर नहीं छोड़ा था। पुलिस ने दौड़धूप तो की, पर उसका कुछ नहीं बिगाड़ सकी थी।"

हमारी बात सुनते ही भाई भोलारामजी हत्थे से उखड़ गए। बोले—"पर इस नाटकबाजी में तुम कहाँ आते हो? जरनैलसिंह पुलिस मुठभेड़ में मारा गया तो इस घटना से तुम्हें राहत क्यों हो! तुम कोई सेठ मगनलाल तो हो नहीं, जिसे अपने युवा पुत्र का अपहरण कर लिये जाने का भय हो! पुत्र-धन तो तुम्हारे पास है, पर अर्थ-धन नहीं है और जब अर्थ-धन नहीं तो जरनैलसिंह का भय भी नहीं। रही हत्या की आशंका, तो जरनैलसिंह यदि जीवित रहता भी तो वह काहे को तुम्हारी हत्या करता? तुम तो उन लोगों में से हो, जिनके 'तन पर नहीं लत्ता, पान खाएँ अलबत्ता'। चमड़ी रखते हो, दमड़ी नहीं; और जरनैलसिंह चमड़ी का ग्राहक नहीं था, दमड़ी का ग्राहक था।"

भाई भोलारामजी ने फर्राटे के साथ अपना लेक्चर शुरू किया तो हम हक्के-बक्के रह गए। बगलें झाँकते हुए हमने अपनी सुरक्षा में मोरचा लिया—"यह तो आपको मानना ही पड़ेगा, भाई भोलारामजी, कि जरनैलसिंह का आतंक बहुत था। वह जब भी कोई वारदात करता था तो पूरी बस्ती काँप

उठती थी, दूर-दूर तक सनसनी फैल जाती थी। हम और आप भी इसी समाज में रहते हैं। जब कानून टूटता है तो उसकी जद में केवल सेठ मगनलाल ही नहीं आते, हम सब भी आते हैं।''

भाई भोलानाथजी हमारी बात से सहमत नहीं हुए। बोले—''मान लो एक जरनैलसिंह नहीं रहा तो कई और करनैलसिंह अभी शेष हैं। कौन-कौन मारा जा सकता है पुलिस मुठभेड़ में! आप मानो न मानो, जब तक समाज में सेठ मगनलाल पैदा होते रहेंगे तब तक जरनैलसिंह को पैदा होने से कोई रोक नहीं सकता।''

हमने नहले पर दहला मारा—''आप तो भाई नक्सलपंथ की वकालत करने लगे। क्या किसी नक्सलवादी से गठजोड़ हो गया है?''

व्यंग्य का तीर ठीक निशाने पर बैठा था। अबके बगलें झाँकने का काम भाई भोलारामजी कर रहे थे। खीजकर बोले—

''नक्सलवादियों से हमारा कोई लेना-देना नहीं है, भाई। न हम उनके राजनीतिक दर्शन से ही सहमत हैं; पर हमें विश्वास नहीं कि जरनैलसिंह पुलिस मुठभेड़ में मारा गया। चूँकि हमारी इस समाज-व्यवस्था में न तो सेठ मगनलाल कम हैं और न जरनैलसिंह। खैर, पूरा समाचार तो पढ़ो। देखें, पुलिसवालों ने क्या तीर मारा है!''

हमने समाचार पढ़ना आरंभ किया—

'विगत रात्रि लगभग ग्यारह बजे मुखबिर द्वारा सूचना प्राप्त हुई कि कुख्यात डकैत जरनैलसिंह के नेतृत्व में सशस्त्र डकैतों का एक गिरोह ग्राम पीपलवाला के जंगल में क्षेत्र के प्रसिद्ध भू-स्वामी राव इकबालसिंह के यहाँ डकैती डालने की योजना बना रहा है।

'पुलिस सूत्रों के अनुसार, उक्त सूचना मिलते ही थाना अध्यक्ष सूरजभान सिंह दल-बल सहित पीपलवाला के लिए रवाना हो गए। मुखबिर की निशानदेही पर डकैतों के शरणस्थल को पुलिस पार्टी ने चारों ओर से घेर लिया। पुलिस ने जैसे ही उन्हें ललकारा, डकैतों ने पुलिस पर गोलियाँ चलानी आरंभ कर दीं। पुलिस ने एक टीले की आड़ में मोरचा ले लिया और जवाब में अपनी रक्षा के लिए गोलियाँ चलाईं। दोनों ओर से रुक-रुककर गोलियाँ चलती रहीं। पाँच घंटे तक निरंतर चलनेवाली इस मुठभेड़ में सुबह चार बजे के लगभग जरनैलसिंह पुलिस की गोली से मारा गया।

उसके शेष साथी ईख की आड़ में अँधेरे का लाभ उठाते हुए फरार हो गए। पुलिस पक्ष की ओर से कोई घायल या हताहत नहीं हुआ।

'पुलिस ने बताया कि जरनैलसिंह की शिनाख्त नेशनल टेलरिंग सेंटर से सिलवाई गई उस कमीज से की गई, जो मुठभेड़ के समय उसने पहन रखी थी। टेलरिंग सेंटर ने प्रमाणित किया कि उक्त कमीज उसके यहाँ तैयार की गई थी। मुखबिर साक्षी है कि उसने इसी कमीज में जरनैलसिंह को कई बार देखा था। इस खूँख्वार डकैत के मारे जाने से अपराध-जगत् का एक महत्त्वपूर्ण अध्याय खत्म हो गया है और जनता ने राहत की साँस ली है।'

समाचार खत्म होने पर हमने स्वयं भी राहत की साँस ली। हमने भाई भोलारामजी की ओर राहतपूर्ण दृष्टि से देखा; किंतु उनकी मुखाकृति असंतोष के भावों से भरी थी।

हमने पूछा—"क्यों भाई भोलारामजी, पुलिस का यह कारनामा आपके विचार में सराहनीय नहीं है?"

"कारनामा हो तब ना!" भोलारामजी ने सपाट-सा उत्तर दिया।

हमने पूछा—"क्यों? जिस साहस से पुलिस दल ने डकैतों से मुठभेड़ की, चार घंटे तक निरंतर आमने-सामने से गोलियाँ चलाईं, क्या यह आपकी दृष्टि में प्रशंसा-योग्य नहीं है?"

हमारी बात सुनते ही भोलारामजी एकदम गंभीर हो गए। बोले—"यह तो शोध का विषय है कि मुठभेड़ कहाँ हुई, कब हुई, किन परिस्थितियों में हुई और हुई भी या नहीं हुई?"

भोलारामजी की आशंका पर हम ठहाका मारकर हँसे। बोले—"मुठभेड़ न होती भाई भोलाराम, तो जरनैलसिंह मारा कैसे जाता, उसके शव की शिनाख्त कैसे हो जाती?"

अब के ठहाका मारकर हँसने की बारी भोलारामजी की थी। वह हँसे और देर तक लहरिया हँसी हँसते रहे। भोलारामजी ने हमारी ओर इस प्रकार देखा; जैसे कोई शिक्षक अपने बुद्धू विद्यार्थी की ओर देखता है। बोले—"याददाश्त पर जोर दो और पिछले दस साल की अवधि पर नजर डालो। क्या सन् १९८० के दिसंबर मास में पुलिस ने एक मुठभेड़ में शेरा नाम के डकैत को नहीं मार गिराया था! तब भी चार घंटे तक दोनों ओर

से निरंतर गोलीबारी हुई थी। तब भी मुखबिर की सूचना पर पुलिस डाकुओं के उस ठिकाने पर पहुँची थी, जहाँ वह डकैती डालने की योजना बनाने के लिए एकत्र हुए थे। तब भी पुलिस की गोली से डकैत गिरोह का सरगना मारा गया था और शेष लुटेरे तब भी अँधेरे का लाभ उठाते हुए फरार हो गए थे। तब भी पुलिस को घटना-स्थल से कुछ खाली कारतूसों के खोखे, बीड़ी का बंडल और माचिस हाथ आई थी और तब भी…।"

हमने बीच में ट्रैफिक जाम करना चाहा—"तो क्या भोलारामजी, वह मुठभेड़ भी आपकी राय में…?"

भोलारामजी हमें एक किनारे धकेलते हुए बोले—"चुपचाप सुनते जाओ, बोलो मत।" हम चुप हो गए तो भोलारामजी की गाड़ी पुनः तेजी से दौड़ने लगी—

"सन् '८१ के नवंबर मास में जो मुठभेड़ हुई तब भी मुखबिर की सूचना पर कहीं जंगल में डकैतों के जमा होने और डकैती डालने की योजना बनाने का पता चला था। तब भी दोनों ओर से लंबी गोलीबारी हुई। तब भी एक डकैत मारा गया था और बाकी अँधेरे का लाभ उठाते हुए फरार हो गए थे। घटना-स्थल से तब भी बीड़ी-माचिस और खाली कारतूसों के खोखे बरामद हुए थे।

"आगे चलो १९८२ की ओर…।" एक क्षण रुककर भोलारामजी ने याद दिलाने का प्रयास किया—

"तब भी पुलिस का जानकार मुखबिर डकैती की योजना बनाते हुए डकैत गिरोह का पता-निशान लेकर पुलिस के संपर्क में आया था। तब भी पुलिस के ललकारने पर डकैतों ने अंधाधुंध फायरिंग शुरू कर दी थी। तब भी पुलिस ने आत्मरक्षा में गोली चलाते हुए एक डकैत को घटना-स्थल पर मार गिराया था और शेष को अँधेरे का लाभ उठाकर भाग जाने दिया था। तब भी बीड़ी-माचिस और खाली कारतूसों के खोखे…।"

और भाई भोलारामजी एक-एक वर्ष का वर्णन करते हुए नए साल तक आ गए तथा हर पुलिस मुठभेड़ में किसी एक डकैत का मारा जाना और शेष का अँधेरे का लाभ उठाते हुए भाग जाना ज्यों-का-त्यों चलता रहा। घटना-स्थल से बीड़ी-माचिस और कारतूसों के खाली खोखे भी ज्यों-के-त्यों बरामद होते रहे।

प्रत्येक वर्ष की केस डायरी समाप्त कर भाई भोलारामजी हँसे और कुछ क्षण रुककर बोले—

"प्रेमकथाओं पर निर्मित हिंदी फिल्में देखी हैं तुमने?"

हमने हामी भरी, "हाँ, भाई भोलाराम!"

"उसमें भी सब एक ही ढंग से चलता रहता है। पात्र बदल जाते हैं। कहानी वही-की-वही रहती है। नायक, नायिका, खलनायक। जैसे डकैत, मुखबिर, पुलिसदल, मुठभेड़ और अँधेरे का लाभ।

"वहाँ मुख्य भूमिका खलनायक की होती है, खलनायक न हो तो कहानी में जान ही नहीं पड़ती। यहाँ मुख्य भूमिका अँधेरे की होती है, अँधेरा न हो तो न डकैत उसका लाभ उठाते हुए फरार ही हो सकें और न पुलिस ही उनके भाग जाने को तर्कसंगत ठहराकर अपनी बचत का लाभ उठा सके। अँधेरा न हो तो दोनों को हानि हो, पुलिस को भी, डकैतों को भी।"

बात कुछ-कुछ हमारी समझ में आई। अभी हम कुछ कहने ही वाले थे कि भाई भोलारामजी फिर बोले—

"पिछले दस साल का खाता-खतौनी देख लिया आपने। अब यह भी नोट कर लें कि आनेवाले दस बरस तक भी इस कहानी में कोई बदलाव आने वाला नहीं है। मुखबिर, डकैत, मुठभेड़, गोलीबारी और अँधेरे का लाभ। यही सब चलेगा और हम-तुम इनसे इसी तरह का आनंद लेते रहेंगे, जैसे फिल्मों की प्रेमकथा से...

"और हाँ, यदि कल तुम्हें यह सुनने को मिले तो आश्चर्य मत करना कि जरनैलसिंह मारा नहीं गया, वह जीवित है। पुलिस ने जरनैलसिंह के धोखे में किसी और को भून दिया था...।"

हमने खबर पढ़कर राहत की जो कृत्रिम साँस ली थी, वह यों निकल गई है जैसे गुब्बारे से हवा निकल जाती है।

●

सिपाही की ट्रेनिंग

दामोदरदत्त दीक्षित

दारोगाजी ने अर्धचंद्राकार चाँदवाले एक व्यक्ति को बुलाकर कहा, "चेतनसिंह, तुम बीस साल से यहाँ के हवा-पानी में जी रहे हो। जाओ, इन मिस्टर रामप्रसाद को सिपाही की ट्रेनिंग दे दो।"

चेतनसिंह ने रामप्रसाद को पहले घूरकर, फिर शागिर्द के भाव से और फिर निरीहता के भाव से देखा। उसके बाद उन्होंने नीचे पहने अँगोछे को शान से झटकते हुए कहा, "चल, चलें।"

वह अपने कमरे में पहुँचे। उन्होंने पैंट-कमीज को, जिसे उन्होंने तकिए की तरह इस्तेमाल किया था, जोर से झाड़ा और पहन लिया। कमीज को उन्होंने पैंट के बाहर छुट्टा छोड़ दिया था। बेंत को बगलाकर वह बाहर निकल पड़े।

सड़क के किनारे एक रिक्शा खड़ा था। चेतनसिंह ने बेंत रिक्शावाले के सिर पर दे मारा और कहा, "तिड़ी हो यहाँ से।"

चेतनसिंह का खून बहाने का इरादा न था, लेकिन जब रिक्शावाले की खोपड़ी से खून रिसने लगा, तो अब वह अपनी बहादुरी से पीछे हटने को तैयार न थे। रामप्रसाद के चेहरे पर 'हाय' का भाव देखकर वह बोले, "लातों के देव बातों से नहीं मानते। दिल कड़ा रखना पुलिस की नौकरी की पहली शर्त है।"

अब वे एक सेठ की दुकान पर पहुँचे। चेतनसिंह ने एक तसले पर

जोर से बेंत मारा, जिससे तसला पिचक गया और उसमें रखी काली मिर्चें बिखरकर इधर-उधर लुढ़कने लगीं। अब वह सेठ से बोले, ''लाओ।''

सेठ ने कुछ रुपए उठाकर उसके हाथ में रख दिए। चेतन ने थोड़ा क्रुद्ध हो, तेवर दिखाते हुए कहा, ''सारा घोटाला सड़क पर आ जाएगा और तुम सींखचों में। देख नहीं रहे हो, आज हम दो हैं!''

जैसे प्रेम की जूती खाई हो, इस भाव से सेठ मुसकरा दिए और रामप्रसाद की ओर भी कुछ रुपए बढ़ा दिए। रुपए देख रामप्रसाद के कँपकँपी छूटने लगी। वह चारों तरफ देखने लगे कि कोई देख तो नहीं रहा है। तब तक चेतनसिंह ने सेठ के हाथ से रुपए ले लिये और कहा, ''यह अभी नौसिखिया है, काम-धाम जानता नहीं है। मैं लिये लेता हूँ, बाद में इसे दे दूँगा।''

थोड़ी देर में वह फिर बोले, ''हाँ सेठ, एक बात का खयाल रखना। अगले महीने दारोगाजी के लड़के का मुंडन है, सो ज्यादा नहीं, दो बोरी शक्कर का इंतजाम तुम्हारे जिम्मे रहा, बाकी चीजें दूसरों के जिम्मे, उनके बारे में तुम फिक्र न करना।''

इसके बाद वे गंदे नाले की ढाल पर बसे झोंपड़ीवालों के मोहल्ले में गए। एक घर के सामने पहुँचकर चेतन ने आवाज लगाई, ''अरे उस्तदवा!''

थोड़ी ही देर में उस्ताद निकला और उसके साथ ही उसके मुँह से निकला, ''पाँयन परी माई-बाप!''

उस्ताद ने उन दोनों को कमरे में बैठाया। फिर वह भीतर गया और वहाँ से कुछ रुपए लाकर चेतन को दे दिए। उसके बाद वह नहाने के प्रयोजन से पुनः भीतर चला गया। थोड़ी देर में एक लड़की चाय की ट्रे लेकर आई। चेतन उसे देखकर मुसकराया, वह भी मुसकराई। वह चेतन के सामने झुककर प्याले में चाय ढुलकाने लगी। चेतन उसे एकाग्र होकर देख रहे थे।

चेतन ने उस लड़की को रामप्रसाद से परिचित कराया। शरीर को कोने-कोने से मटकाते हुए तथा मुसकराते हुए वह रामप्रसाद की ओर बढ़ी। उसने झुककर केतली से चाय ढुलकाना शुरू किया। रामप्रसाद ने अपनी आँखें प्याले पर गड़ा दीं। केतली से चाय के गिरने की रफ्तार धीमी होने लगी। कप अभी आधा ही भरा था, पर चाय अब बूँदों में टपकने लगी। रामप्रसाद को पसीना आने लगा। घबराकर उसने आँखें उठाकर ऊपर देखा। लड़की मुसकरा दी और उसने कप को चाय से भर दिया। चेतन ने कहा,

''फुलबासा, यह अपना नया रंगरूट है। अभी शरमाता है, इसका खयाल रखना।'' फुलबासा ने रामप्रसाद के ऊपर मनों मुसकान फेंककर कहा, ''हम तो इनका खयाल रखेंगे, पर यह हमारा खयाल रखें तब ना!''

दुकान के बोर्ड पर हेमा मालिनी का चित्र था, जिसमें वह हाथ उठाकर तर्जनी से दुकान की ओर इशारा कर रही थी। बोर्ड पर लिखा था—'देखो यह है मधुशाला'।

चेतनसिंह ने दुकान में घुसते ही दुकानदार को दो गालियाँ पेश कीं, जिसे दुकानदार ने अभिवादन समझा और मुसकरा दिया। चेतन ने कहा, ''दो कुल्हड़ देना।''

दुकानदार ने कहा, ''अच्छा, मुंशीजी!''

(यह जानते हुए भी कि वह मुंशी न होकर सिपाही है, दुकानदार उसे 'मुंशीजी' कहता है। मुंशीजी को वह दारोगाजी और दारोगाजी को कप्तान साहब कहता है। संबंधित पुलिसजनों को उसकी यह शैली प्रीतिकर लगती है।)

चेतन ने चेताया, '' 'पेवर' देना, नहीं भूसा भर दूँगा।''

दुकानदार ने कहा, ''मुंशीजी, आपके वास्ते बिलकुल प्योर, दाने-भर की गुंजाइश नहीं।''

रामप्रसाद ने कहा, ''पर मैंने तो कभी पिया नहीं।''

चेतन ने कहा, ''कभी तो तूने पुलिस की नौकरी भी नहीं की!''

''पर…''

''जब तू चढ़ाएगा ही नहीं तो काम क्या सीखेगा, खाक! पुलिस की नौकरी टंट-घंट बजाने का काम नहीं है। आज न सही, आगे तुझे यह सब करना ही पड़ेगा।''

चेतन ने दुकानदार के कान के पास मुँह ले जाते हुए कहा, ''कोई मातिबर आज फँसा है?''

दुकानदार ने पीनेवालों पर एक नजर फेरकर एक मोटे व ठिगने आदमी की ओर इशारा किया और बोला, ''यह कुछ है।'' चेतन ने मन में सोचा, चलो कुछ ही सही। उसने उस आदमी को दुकान के बाहर धकिया दिया और गालियों के संबोधनों के साथ कहा, ''स्साले…शराब पीकर लौंडिया छेड़ते हो! बंद कर दूँगा तो सड़ जाएगा जेल में।''

पंद्रह रुपए देने पर वह व्यक्ति लौंडिया अछेड़क सिद्ध हुआ और लफिद गए नाली के कीचड़ को कुरते से छुड़ाने लगा।

रास्ते में कुछ लोग मिलकर एक आदमी की धुनाई कर रहे थे। आदमी के होंठ तथा नाक से खून निकल रहा था। रामप्रसाद को अपने सिपाहीत्व का बोध हो आया। वह उस व्यक्ति को छुड़ाने के लिए झपटने लगा, पर चेतन ने मजबूती से उसकी कलाई पकड़ ली, पीछे खींचते हुए उसे गली में ले आया तथा ठेलेवाले से खस्ते लेकर खाने लगा। उसने रामप्रसाद से कहा, ''जो करने जा रहे थे, वह उस समय पर कभी न करना, दस-पंद्रह मिनट बाद करना। तब तक अगल-बगल चाट खाया करना।''

लगभग पंद्रह मिनट बाद चेतन ने उपर्युक्त जगह पर आकर मारनेवालों को एक साँस में दस गाली के हिसाब से पाँच साँसें गालियाँ दीं और फिर अधमरे के चारों ओर बटुर आए लोगों पर अचानक बेंतचार्ज कर दिया, जिससे कइयों को गंभीर चोटें आईं।

चेतन ने रामप्रसाद से कहा, ''एक-दो जगहें और रह गई हैं। उसके बाद तुम्हारी ट्रेनिंग पूरी और तुम सिपाही हो जाओगे।'' वे जुआघर की ओर चल दिए। जुआघर में आने का एक दरवाजा था, पर निकास इतने अधिक थे कि पकड़-धकड़ होने पर इक्के-दुक्के ही हाथ आते थे। चेतन जुआघर से थोड़ी दूर था, पर जुआघर में खबर हो गई कि वह आ रहा है। बतानेवाले ने चेतन के नाम के आगे माँ की गाली का उपसर्ग लगाया था। जुआघर के संचालक ने यह जान, इतमीनान से कहा, ''कोई बात नहीं, अपना आदमी है।''

उन दोनों के वहाँ पहुँचते ही जुआरियों ने सिपाही-द्वय को कोर्निश बजाई। चेतन ने संचालक से कहा, ''भई, दीवाली करीब आ रही है, खयाल रखना।''

संचालक ने कहा, ''आपका खयाल तो अभी से है, लेकिन थोड़ा हमारा भी खयाल रखना। दो नवचे हैं, छुरी दिखाते हैं, जुए में बंद कर दीजिएगा।''

''फिकिर न करो, खींच देंगे।'' चेतन ने कहा।

संचालक ने बताया, ''बगल के कमरे में भइयल गुरु लेटे हैं।''

चेतन ने कहा, ''अच्छा!''

बगल के कमरे में पहुँचकर उन्होंने लपककर भइयल गुरु के पैर

छुए। बड़ी ही धार्मिक भावना से वह रामप्रसाद से बोले, ''इनके पैर छुओ। यह हमारे शहर के सबसे बड़े गुरु हैं। अरे बाँभन हैं, बाँभन।''

रामप्रसाद ने गुरु के पैर छू लिये। चेतन ने गुरु से कहा, ''मैं तो आपके घर ही जा रहा था। यह हैं हमारे नए साथी—रामप्रसाद।''

भइयल गुरु ने कहा, ''यहाँ कैसे आए? दरोगवा तो ठीक है।''

चेतन ने जवाब दिया, ''गुरु, पान-तंबाकू का इंतजाम करने चले आए। साहब ठीक हैं।''

चेतनसिंह रामप्रसाद के साथ बाहर चले आए। रामप्रसाद से बोले, ''इनकी राह कभी न काटना, नहीं खुद कट जाओगे। दारोगा हरिकिसन को थाने के सामने जिंदा फूँक दिया गया था। पिछले आम चुनाव के समय विरोधी पार्टी के एक कंडीडेट को नामिनेशनवाले दिन ऐसा उड़वा दिया कि आज तक पता नहीं चला। इस समय कांग्रेस के साथ हैं।''

वे दोनों अंत में देवकलीजी के यहाँ गए। चेतन ने देवकलीजी से पूछा, ''किसी बात की तकलीफ हो तो बताइएगा?''

देवकलीजी ने कहा, ''जरूर-जरूर।''

हालचाल पूछ वे लोग चल दिए। चेतन ने रामप्रसाद को बताया, ''यह अपने स्वास्थ्य मंत्री के रखरखाव में इस बंगले में रहती हैं। कहने को तो यह केवल महिला संघ की अध्यक्ष हैं, पर यह जो आँख उठाती हैं, तो पूरी मिनिस्ट्री डोल जाती है। एक बार दो लड़कों ने इनके ऊपर सीटी मारी थी, तो उनके ऊपर चौदह दफे लगे थे। अत: इनकी भृकुटि का खयाल रखना। इनका खयाल रखोगे, तो तुम्हारा भी खयाल होगा।''

थाने पहुँचने पर दारोगा ने पूछा, ''इन्हें ट्रेंड कर दिया?''

चेतन ने तर्जनी से माथे का पसीना पोंछते हुए कहा, ''हाँ साहब, दिन-भर लगा रहा। कल से यह सिपाही का काम कर सकते हैं।'' उन्होंने जेब से रुपए निकाल मेज की ड्राअर में सरका दिए।

दारोगा ने रामप्रसाद से कहा, ''देखो, जैसा इन्होंने बताया है, वैसा ही करना, नहीं तो यहाँ से नहीं, ऊपर से तुम्हारा पत्ता साफ हो जाएगा।''

रामप्रसाद वृद्ध पिता के काँपते हाथों तथा अपनी बेकारी का ध्यान करते हुए सिपाही बन गया।

●

कलुआ चोर कैसे बना?

निश्तर खानकाही

कलुआ, पुत्र ननुआ, यह बात अब पूरी तरह भूल गया है कि वह पहली चोरी, जिसमें एक सेठानीजी का पेटीकोट चोरी हुआ था, सचमुच उसी ने की थी या किसी और ने। वह कहता है कि पुलिस ने उससे उस चोरी का इकबाल इतनी बार कराया था कि उसे यही सत्य लगने लगा कि हो न हो, पेटीकोट का चोर वही है।

कलुआ, पुत्र ननुआ, जो कस्बा चोरगलिया का रहनेवाला है, अब साठ के पेटे में आ चुका है। जिन दिनों सेठानी हीराबाई का पेटीकोट उनके घर से चोरी हुआ था, तब कलुआ पंद्रह-सोलह साल का हट्टा-कट्टा नवयुवक था। वह बताता है कि इस चालीस-पैंतालीस साल में जितनी चोरियाँ उसके नाम लिखी गई हैं, उनकी ठीक-ठीक गिनती तो अब उसे याद नहीं है। उसे यह भी याद नहीं है कि वह इनमें से कितनी चोरियों का असली नायक था और कितनी का डुप्लीकेट या प्लेबैक कलाकार।

कलुआ ने जब पहली-पहली बार हमें यह बात बताई तो हम आश्चर्य से भर गए। हम इस रहस्य को समझ ही नहीं पाए कि डुप्लीकेट चोर या चोरी के प्लेबैक कलाकार से उसका आशय क्या है। हमें लगा कि वह हमसे ठिठोली कर रहा है। कहीं चोर भी डुप्लीकेट होते होंगे? चोर तो चोर होता है। समाज में एक ही चीज तो असली बची है, उसे भी कलुआ संदिग्ध बनाने पर तुला है। लेकिन कलुआ अपनी बात पर डटा रहा। उसका

कहना था कि पुलिस एक ऐसा उद्योग चलाती है, जिसमें बढ़िया क्वालिटी के डुप्लीकेट चोर तैयार किए जाते हैं। जो सिद्धहस्त पेशेवर चोरों को सुरक्षित रखने के काम आते हैं। हर जगह की पुलिस डुप्लीकेट चोर निर्मित करने में लगी रहती है और इनके माध्यम से छोटी-बड़ी चोरियाँ बेचकर मनमाना लाभ कमाती है।

हम एक बार फिर अचंभे में आ गए। चोरियाँ बेची जाती हैं, कैसी बात कर रहा था कलुआ! हमने उसके रहस्योद्‌घाटन को मानने से इनकार किया तो वह जिद पर उतर आया। बोला—"इसी तरह बेची जाती हैं; जैसे सुलफा, गाँजा, हशीश, बनावटी शराब या अफीम।"

हमारा ज्ञान बढ़ाते हुए कलुआ ने बताया। पुलिस असली और अनुभवी चोरों से उनके अपराध को औने-पौने में खरीद लेती है। कभी मामला आधे-आधे पर तय होता है और कभी-कभी इससे कम या अधिक पर! सौदा तय होते ही पुलिस डुप्लीकेट चोर को खोजने, उसे पकड़ने और उससे चोरी का अपराध कबूल करवाने का अभियान शुरू कर देती है। डुप्लीकेट चोर अपराध स्वीकार करता है, पुलिस के सामने भी और न्यायालय के सम्मुख भी। वह जेल चला जाता है, किंतु जमानत पर छूटकर फिर बाहर आ जाता है। अभियोग पक्ष की हैसियत से पुलिस उसके विरुद्ध कोई ठोस प्रमाण प्रस्तुत नहीं करती और मुकदमा हार जाती है। डुप्लीकेट चोर फिर से किसी अन्य मामले में पकड़ा जाता है और कुछ दिन के लिए जेल की हवा खाता है। इस प्रकार उसकी जेलयात्रा जीवन-भर रुक-रुककर चलती रहती है। असली चोर धड़ल्ले से चोरियाँ करते रहते हैं और डुप्लीकेट प्लेबैक कलाकारी।

हमने सोचा—काश, हम भी कलमघसीट लेखक न होकर ऐसे ही पेशेवर चोर होते और पुलिस के हाथों अपनी चोरियाँ बेचकर डुप्लीकेट चोरों की कलाकारी का आनंद लिया करते! किंतु कलुआ तो खुद डुप्लीकेट चोर था, वह हमें असली चोरी की शिक्षा-दीक्षा भला कैसे दे सकता था! सो हम मन मसोसकर रह गए और अपनी टूटी कलम फिर से कागज के पन्नों पर घसीटने लगे। किंतु कलुआ की बात सुनकर हमें यह विश्वास जरूर हो गया कि घाघ चोरों द्वारा की गई चोरियाँ पुलिस के हाथों बिलकुल ऐसे ही बेची जाती होंगी, जिस तरह सड़क दुर्घटनाएँ आराम से दस-बीस

हजार में बेच दी जाती हैं।...

आप जानबूझकर या अनजाने सड़क चलते किसी व्यक्ति को अपनी गाड़ी से कुचल दें। अगर आपकी जेब काले धन की कमाई से भरी है तो बेखटके यह केस दस-बीस हजार में किसी दूसरे ड्राइवर को बेचकर आराम से घर बैठ जाइए। मुकदमा वह लड़ेगा, जेल भी वह जाएगा। आपको दुर्घटना के मामले से कुछ लेना-देना नहीं। आप घर में बैठकर चैन की बंसी बजाइए।

व्यावसायिक संस्कृति के इस विकास में अब क्या कुछ नहीं बिकता? आत्माएँ बिक जाती हैं, आस्थाएँ बिक जाती हैं। राजनेता वायदे बेचते हैं, मतदाता अपने मत बेच देते हैं, चोर अपने अपराध, यहाँ तक कि सड़क दुर्घटनाएँ तक बिक जाती हैं, अगर कुछ नहीं बिकता तो गरीब का वह स्वप्न है, जिसका ग्राहक न अभी पैदा हुआ और न आगे पैदा होने की आशा ही है।

हमने कलुआ से पूछा, "क्यों भाई कलुआ, पेटीकोट जैसी तुच्छ वस्तु की चोरी तुम्हारे गले कैसे आ पड़ी?"

कलुआ ने इस अप्रत्याशित घटना पर इस प्रकार रोशनी डाली—

"दीपावली से पहले सेठजी ने मुझे अपने घर की सफाई-रँगाई के लिए बुलाया था। किंतु दूध का जला छाछ को भी फूँक-फूँककर पीता है। इसलिए अपने पुराने अनुभव और सेठ की कंजूसी को देखते हुए मैंने मजदूरी का कुछ पैसा एडवांस माँग लिया। फिर क्या था, सुनते ही सेठ आगबबूला हो उठा!

" 'हमें तूने कोई चोर समझा है!' यह कहकर सेठ ने पहले तो सत्तर गालियाँ ठोकीं और फिर सबक सिखाने की धमकी देते हुए अपनी ड्योढ़ी से बाहर निकलवा दिया। हम डर गए। जानते थे कि सेठ असरवाला आदमी है। पुराना विधायक है। पुलिस-कचहरी तक पहुँच है। जब चाहे सबक सिखा सकता है हमें। पर अब हो क्या सकता था? तीर तो कमान से निकल चुका था। हम घर लौट आए। लेकिन शाम पड़ते ही पुलिस का एक दरोगा दो सिपाहियों को लेकर हमारे दरवाजे पर आ धमका। उसने एक गंदी-सी गाली हमारे साथ जोड़कर आवाज लगाई—

" 'क्यों बे चोर, कलुआ हरामखो...'

''हमने घबराकर हाथ जोड़े—'सरकार माई बाप!'

'' 'माई बाप बनाता है हमें, साला चोर की औलाद!'

''हम और गिड़गिड़ाए। हाथ पर दस-दस के दो पत्ते रखकर मामला पूछा तो पता चला कि सेठ ने हमारे खिलाफ पुलिस में रिपोर्ट दर्ज कराई है। रिपोर्ट में कहा गया था कि उनकी पत्नी का एक पेटीकोट, जिसके नाड़े में सोने के तार गुँथे हैं और जिसका हुलिया साधारण पेटीकोटों से भिन्न है तथा जो सामने आने पर पहचाना जा सकता है, आज दोपहर करीब पौने दो बजे हमारी कोठी से उस समय चोरी हो गया, जब उसे धोने के बाद नौकरानी अलगनी पर फैलाकर घर चली गई थी। इस बीच कलुआ, पुत्र ननुआ, निवासी कस्बा चोरगलिया के अतिरिक्त हमारे यहाँ कोई और नहीं आया। हमें शक है कि यह चोरी उसी के द्वारा की गई है। कृपया आवश्यक कानूनी कार्रवाई कर अपराधी का पता लगाया जाय।

''हमने रिपोर्ट में लिखे शब्द ध्यान से सुने तो लगा, जैसे हमारे प्राण निकलने वाले हों। इससे पहले कि हम कुछ सोचते-कहते, दोनों सिपाही हमें खींचते हुए थाने ले आए; जहाँ बड़े दरोगाजी ने हमें ठोंक-पीटकर पूरा चोर बना दिया; लेकिन डुप्लीकेट—थाने में जो डायलॉग हुए, उनका नमूना कुछ इस प्रकार था—

'' 'क्यों बे कलुआ, पेटीकोट तूने चुराया?'

'' 'नहीं सरकार!' सिपाही की बूट-सहित एक ठोकर हमारी पीठ पर पड़ी। 'मर गया, मर गया' कहकर हम जोर से चिल्लाए। तभी बड़े दरोगाजी दहाड़े—'क्यों बे, तूने चोरी की है?''

'' 'नहीं, सरकार!'

'' 'तेरा बाप चोर था?'

'' 'नहीं, दरोगाजी, नहीं; वह बहुत शरीफ आदमी था।'

'' 'अबे, शरीफ आदमी के बच्चे, कहता क्यों नहीं, वह चोर था!' सिपाही की एक और ठोकर पीठ पर पड़ी। हम मुँह के बल जा गिरे। दरोगाजी फिर दहाड़े—

'' 'अबे तो चोर, तेरा बाप चोर नहीं, तब पड़ोसी तो तेरा अवश्य चोर रहा होगा।' अब तक हम समझ चुके थे कि पुलिस की मार का अर्थ क्या होता है। हमने हामी में सिर हिलाया—'हाँ, जी।'

"दरोगाजी की बाँछें खिल गईं—'अब जब तेरा पड़ोसी चोर है तो फिर तू चोर कैसे नहीं हुआ? बोल, हुआ कि नहीं हुआ?'

"हमने कहा, 'हाँ जी, हुआ।'

"और तब से हम बाकायदा चोर बन गए, लेकिन प्लेबैक। जब भी आस-पास के क्षेत्रों में कोई छोटी-बड़ी चोरी होती है और वह चोरी पुलिस के हाथ उचित दामों में बेच दी जाती है, तो अंत में इस वारदात का श्रेय हमीं को जाता है। पुलिस की लंबी भाग-दौड़ के बाद मुखबिर की सूचना पर आखिर में हम ही पकड़े जाते हैं, अपना अपराध स्वीकार करते हैं, जिससे एक तरफ तो पुलिस के कारनामों में वृद्धि होती है और दूसरी तरफ सच्चे, पक्के चोरों को संरक्षण मिलता है।"

हमने कलुआ की आपबीती सुनी। जी चाहा कि कलुआ की बात को कोरी गप मानकर रद्द कर दें; लेकिन उसकी जिद थी कि यह सच है और सच भी ऐसा कि जिसमें कोई खोट नहीं। एकदम प्योर!

●

पुलिस हमारी जिंदाबाद

पूरन सरमा

हमारे यहाँ पुलिस का बड़ा महत्त्व है। कानून और व्यवस्था बनाए रखने के लिए इसकी आवश्यकता आजादी के बाद निरंतर महसूस की गई। आजाद भारत के नागरिकों में स्वाभाविक रूप से एक अराजकता पनपनी थी, इसलिए व्यवस्था बनाए रखने के लिए पुलिस बल भी बढ़ाया जाना लाजमी तौर पर जरूरी था। पुलिस बल की वृद्धि के साथ ही अपराधियों, हत्यारों, चोरों, आतंकवादियों तथा बलात्कारियों की संख्या में दिन-दूनी रात-चौगुनी वृद्धि हुई। जनता को लगा कि जिस अनुपात से पुलिस बल बढ़ रहा है, उस अनुपात से अपराध नहीं बढ़ रहे, इसलिए ऐसे-ऐसे दिलेर लोग सामने आए, जो पुलिस के लिए चुनौती से कम नहीं थे। बेचारे पुलिसवाले भी हमारी तरह ही थे, सो उन्होंने बीच का रास्ता निकाला कि साँप भी मर जाए और लाठी भी नहीं टूटे। उन्होंने माफिया सरदारों को बुलाया और कहा—"देखो भाई, हम एक-दूसरे के पूरक हैं। एक ही सिक्के के दो पहलू हैं। तुम साँपनाथ तो हम नागनाथ। इसलिए ऐसी ढब बैठाओ कि जनता की आँखों में धूल झोंकी जा सके, यानी जनता को तुम भी लूटो और हम भी लूटें। घोड़ा घास से यारी करे तो खाए क्या? इसलिए इसके सिर के तमाम बाल पूरी जुगत से लूट लो।"

सरदार बोले—"वाह भाई, हम तो यही चाहते हैं। चोरों के भाई उठाईगीर। नेकी और पूछ-पूछ, सोने में सुहागा। हिंदी साहित्य के अनेक

मुहावरे हमपर एक साथ लागू हो रहे हैं। लेकिन भाई पुलिसजी, यह तो बताओ, यह मिलीभगत की कुश्ती के कायदे क्या रहेंगे?''

पुलिस ने मूँछों पर हाथ फेरकर कहा—''देखो सरदारो, अपने-अपने क्षेत्रों में आप सब नए-से-नया कीर्तिमान स्थापित करो। हम लोगों को भूलो मत, जो भी लाओ उसे मिल-बैठकर बाँट खाओ। कानून और व्यवस्था की अवहेलना चूँकि शत-प्रतिशत रूप से नहीं की जा सकती, अत: आप लोगों की पकड़ा-धकड़ी का नाटक तो हम करेंगे, परंतु ऐसा नहीं हो कि जेल की चक्की पीसते ही सिर पर पसीना आ जाए और बेईमानी का रास्ता त्याग दो। कितने ही संकट आएँ, परंतु अपने मूल रास्ते से आप लोग विचलित मत होना।''

माफिया सरदारों ने हाथ ऊपर उठाकर शपथ खाई और पुलिस के संरक्षण में अपने-अपने क्षेत्रों में कीर्तिमान कायम करने के लिए निकल पड़े—तब से आज तक चोर-सिपहिया का लुका-छिपी का खेल जारी है।

कहने का तात्पर्य यह है कि पुलिस ने कानून और व्यवस्था को भी मिटने नहीं दिया तथा चोर-बदमाशों की फसल को तो ऐसा खाद दिया कि उनकी फसल सर्वत्र लहलहाने लगी। कुछ ऐसे ईमानदार चोर भी निकले, जो पुलिस से समझौता नहीं करना चाहते थे—उन्हें पुलिस ने जेलों में ठुँसवा दिया और वे वहाँ काल-कोठरियों में कैद, पुलिस के नहीं मानने की यातना भुगत रहे हैं। वे चाहते तो पुलिस से मिल-बैठकर मामला सुलटवा सकते थे, परंतु वे लोग खुद्दार थे—उन्होंने सीना ताने कहा—'चोरी का सारा माल हमारा है; क्योंकि चोरी करने हम अपने ही रिस्क पर गए थे।' पुलिस को यह बड़बोलापन कब बरदाश्त होता, इसलिए उसने चार सौ बीसी सहित कानून की दूसरी धाराएँ एक साथ उनपर दाग दीं—और वे खुद्दार चोर साहब जेल के ही होकर निकले। जो बाहर निकले, वे इस आश्वासन पर कि वे पुश्तैनी कार्य नहीं छोड़ेंगे तथा ईमानदारी से पुलिस का भाग पुलिस को दे देंगे; जो लोग यह नहीं कह पाए वे आज भी जेलों में सड़ रहे हैं।

पुलिस की एक बात बहुत बढ़िया लगी कि कहीं भी फसाद हो, पहले पूरा झगड़ा करा लेती है—उसके बाद घर से उसकी वैन पहुँचती है। तब तक भाई लोग अपना काम करके जा चुके होते हैं। पुलिस, वहाँ जो भी निर्दोष आदमी मिलेगा, उसे मार-पीटकर थाने में ले जा बैठाएगी तथा

बयान देगी कि अपराधियों से पूछताछ जारी है। निर्दोष हड्डी-पसली तुड़वाता रहेगा तथा असली अपराधी पुलिस की चुंगी चुकाकर अन्य कार्यों में व्यस्त हो जाते हैं। पुलिस से छूटकर जब निर्दोष बाहर आता है तो उसके मन में एक विचार प्रतिशोध रूप में अँगड़ाई लेकर उठ खड़ा होता है कि वह अपराधी बन जाए तो क्या बुरा है? समाज की नजरों में वह गिर तो गया ही है, इसलिए वह भी 'जय काली मैया की' बोलता हुआ अपराधियों के बीहड़ में जा शामिल होता है। पुलिस बड़ी प्रसन्न होती है कि उसने समाज-सुधार की दिशा में एक कामयाब कदम और उठा लिया है तथा एक और सपूत जनता के साथ खिलवाड़ करने को उठ खड़ा हुआ है। पुलिस सोचती है—चलो अच्छा हुआ, यह भी देर-सबेर दो पैसे कमाकर उसे ही लाकर देगा। इसलिए राजकीय संरक्षण से आपराधिक मामलों में गरिमा का विकास हुआ तथा लोग बेकारी की लाइन से हटकर जोर आजमाइश से लेकर भाग्य आजमाइश तक की नई परेड में शामिल हो गए। सिनेमा में देखिए, एक आदमी सोसाइटी में भली इमेज बनाकर शानो-शौकत से जीवनयापन करता है तथा व्यावसायिक हत्याओं का सरगना होता है। उसका बाल भी बाँका नहीं होता। बस, इसी तर्ज पर जनसामान्य में भी संगठन बनने लगे।

पुलिस की कार्यशैली की समीक्षा करना तो इसलिए बेमानी होगा, क्योंकि वह तो चौबीसों घंटे जनसेवा में व्यस्त रहती है। पता नहीं किसपर विपदा आ जाए, इसलिए वह चौकस रहती है। अनेक लोगों को मैंने पुलिस से डरते देखा है। वे चाहते हैं कि उनका लफड़ा वे खुद निपट लेंगे—कहीं पुलिस नहीं आ जाए। परंतु 'न-न' करते भी पुलिस मौका-ए-वारदात पर देर-सबेर अपनी ड्यूटी अंजाम देने को पहुँच जाती है। पुलिस का तर्क होता है कि अब हम गाड़ी भरकर आ गए हैं—इसलिए जलपान के साथ मेहनताने का भुगतान करिए—वरना हम मामला उलटा-सीधा बनाकर थाने के चक्कर लगवाना प्रारंभ कर देंगे। उस स्थिति को स्मरण करते ही रोंगटे खड़े हो जाते हैं। ऐसे हालात के बनने से पहले ही आप चाहेंगे कि पुलिस का बिदाई समारोह कर दिया जाए। पर यह आपका वहम होता है। पुलिस फिर आ जाती है और वह साबित करती है कि पुलिसवाले किसी के भी सगे नहीं होते, यहाँ तक कि अपने बाप के भी। तभी मानना पड़ता है कि हमारे देश में कानून और व्यवस्था बहाल है। सोचिए, जो बाप को बाप

मानने से इनकार कर दे तो भाई, उससे दूध-का-दूध और पानी-का-पानी जैसा न्याय करने की उम्मीद नहीं की जा सकती। जिसे आप चोर समझ रहे हैं वह थानेदार ही तो है! इसलिए पुलिस हमारी जिंदाबाद!

बाजार में रेहड़ी-ठेलेवाले पुलिसवालों की तमाम करतूतों से वाकिफ होते हैं—इसलिए वे उन्हें बीड़ी पिलाते हैं, चाय पिलाते हैं, बड़े मामलों में सुरापान तक भी कराते हैं। इससे उनका कार्य बना रहता है, वरना उनका कमाना मुहाल कर दें। ठेले से केले उठाकर खा जाना तो पुलिस के बाएँ हाथ का खेल है। इसलिए दिन-दिहाड़ी पर आजीविका चलानेवाले भी पुलिस से लगाकर खाते हैं। पुलिस से लगाकर मत खाइए, वह आपको साबुत निगल जाएगी, मगरमच्छ की तरह। इसलिए पुलिस का लोहा मानने से इनकार करने का मतलब, आ बैल मुझे मार। पुलिस ऐसा क्यों करती है, यह कोई नहीं बता सकता। व्यवस्थागत दोष तो सर्वत्र मिलते हैं—परंतु पुलिस विभाग पर अंगुली उठाने का मतलब बैठे-ठाले कनपटियों की सिंकाई कराएँ। पुलिस थानों में अपराधियों को इतना मारा जाता है कि वे वहीं देह त्याग देते हैं। पुलिस में शिकायत दर्ज कराने महिला आ जाए तो बलात्कार की शिकार हो जाए। न्याय माँगने तथा सुरक्षा माँगने जाओ तो आपकी खुद की बोटी नोंच ली जाए। तो भाई, तौबा करते हैं हम तो ऐसी पुलिस से। इससे बढ़िया तो हम—समाज में जो गुंडे-बदमाश आतंक फैला रहे हैं अथवा जो ज्यादतियाँ कर रहे हैं—वही भुगत लेंगे; परंतु पुलिस से तो बात भी नहीं करेंगे। क्योंकि इसका नाम पुलिस है और पुलिस तो भाई, कानून और व्यवस्था बनाए रखने के लिए अत्याचार करेगी ही। इसलिए भूलकर भी नहीं जाना पुलिस थाने में।

●

अफसर की गाय

पूरन सरमा

एकाएक अफसर की गाय खो गई। पूरे दफ्तर में भूचाल-सा आ गया। सभी के चेहरे पर गहरी चिंता की लकीरें। जिसे देखो, वही तनाव में। जो भी काम से आता, बस, एक ज़वाब दिया जाता, "भैया, जरा ठहरकर आओ। हमारे अफसर महोदय की सफेद गाय खो गई है।"

अजीब-सी दहशत पसरी हुई थी पूरे विभाग में। विभाग भी पुलिस का। सारे सिपाही चेहरे लटकाए इधर-से-उधर चहलकदमी कर रहे थे। छोटे अफसर ने एक अर्जेंट मीटिंग पूरे विभाग की कॉल की तथा उसकी कार्यसूची में एकसूत्री विचार प्रस्तुत किया, "देखो मित्रो, अपने अफसर साहब की सफेद गाय परसों से एकदम गायब है। ऐसे समय में ही आदमी की पहचान होती है। अफसर साहब की पत्नी बेहद पीड़ित हैं। यह तो मानेंगे ही, जब पत्नी पीड़ित होंगी तो पति को चैन कहाँ! वही हालत हमारे अफसर महाशय की है। वे गाय और पत्नी की पीड़ा से घायल, हमारे सहयोग की उम्मीद में टकटकी लगाए खड़े हैं।"

एक व्यक्ति बीच ही में बोला, "सर, हम अपना तन, मन और धन सब लगा देंगे; लेकिन गाय को ढूँढ़कर लाएँगे।"

इस भावुकता-भरे वक्तव्य से मीटिंग में सभी के चेहरों पर अजीब प्रकार की सनसनी फैल गई तथा लोग आपस में खुसुर-फुसुर करने लगे। छोटे अफसर बोले, "थोड़ा शांत रहिए। पहले मेरी पूरी बात सुन लें। आप

सभी को पाबंद किया जाता है कि जब तक उनकी गाय का पता न चल जाए, चैन से न बैठें।''

एक अन्य व्यक्ति ने प्रतिप्रश्न किया, ''सर, जरा गाय की पहचान के संबंध में एक परिपत्र तो जारी करवा दीजिए, ताकि सबको पता चल जाए कि गाय की पहचान क्या है।''

''तुम्हारा आइडिया बहुत ठीक है। मैं अभी इसके लिए परिपत्र 'डिक्टेट' कराता हूँ। गाय का खोजा जाना इस समय सामयिक व प्रासंगिक है। यह बात कहने की तो नहीं है, परंतु मैं आप लोगों के हित में बताए देता हूँ कि यदि गाय नहीं मिली, तो आप सबको उनका कोपभाजन होना पड़ेगा तथा उसकी जिम्मेदारी आप खुद की होगी।''

''लेकिन सर, ड्यूटी टाइम में तो गाय को ढूँढ़ने कैसे जा सकते हैं?'' एक अन्य कर्मचारी की समस्या थी।

''यह कोई तर्क नहीं है। गाय ढूँढ़ने जानेवालों को ड्यूटी पर ही माना जाएगा तथा वे कार्यालय समय में गाय की तलाश में जा सकते हैं। गाय आखिर अफसर की है, किसी ऐरे-गैरे की नहीं। देखो, यह स्वर्णिम अवसर है आप सबके लिए, गाय ढूँढ़कर आप उनकी नजरों में चढ़ सकते हैं। जो यह कार्य करेगा, उसकी पदोन्नति तो लगभग तय है।'' छोटे अफसर ने सार की बात कही।

तभी एक सिपैया बोला, ''सर, क्या इसके लिए हम विभाग की गाड़ियों का इस्तेमाल कर सकते हैं?''

''तुम एकदम बुद्धू हो। यह भी कोई पूछने की बात है! यह तो सरकारी काम के समान है। हम लोग उनकी ताबेदारी के लिए यहाँ हैं। सारी सरकारी मशीनरी झोंक दो उस भोलीभाली सफेद गैया को ढूँढ़ने में। सावधानी यह रखें कि उस गाय के मिलने पर उसके साथ आप किसी भी प्रकार की बदसलूकी न करें। उससे पुलिसियाना ढंग से पेश न आएँ। वह अफसर की गाय है, बलात्कार से पीड़ित कोई नारी नहीं है। हम लोगों की शाबाशी इसी में है कि हम इस अभियान में जुट जाएँ।'' छोटे अफसर बोले।

एक और सिपैया डरता-सा बोला, ''सर, क्या कार्यालय समय के बाद तक ढूँढ़ने का ओवरटाइम का पेमेंट भी होगा?''

''देखो, ये बातें खुले में करने की नहीं हैं, परंतु 'इंसेंटिव' रूप में

कुछ-न-कुछ आर्थिक लाभ अवश्य दिलाने का मैं प्रयास करूँगा। लक्ष्य केवल एक है कि हमारे अफसर की गाय मिल जाए। सच, वह आदमी बहुत सौभाग्यशाली होगा, जो गाय को दुलार और प्यार के साथ लेकर आएगा। आपको तो पता होगा—गत वर्ष मैं उनके कुत्ते को ढूँढ़कर लाया था—तो खुश होकर उन्होंने मुझे अविलंब पदोन्नति दिलाई। कई बार तो मेरा मन करता है कि उनका कुत्ता एक बार फिर खो जाए!" यह कहते हुए उन्होंने अपनी आँखों को बंद कर लिया।

मीटिंग समाप्त होते ही छोटे अफसर ने स्टेनो को बुलाया और एक संक्षिप्त परिपत्र पूरे दफ्तर में बँटवाने के लिए ड्राफ्ट करा दिया।

'इस कार्यालय के सभी कर्मचारियों को खेद के साथ सूचित करना पड़ रहा है कि हमारे अफसर महोदय की सफेद रंग की एक गाय परसों से उनके निवास से कहीं चली गई है, उसे ढूँढ़ना हम सबका पुनीत कर्तव्य है। हमें इस संकट की घड़ी में उनका साथ देना चाहिए। गाय का ब्योरा इस प्रकार है—

गाय का रंग—सफेद, ऊँचाई—तीन फीट, पूँछ—काली, थन—चार, पैर—चार, कान—दो, आँख—दो, स्वास्थ्य—दुबला-पतला।

'गाय के चेहरे पर चोट का निशान है, वह एकदम ताजा है। परसों ही दूध नहीं देने के अपराध में उसे हमारे अफसर महाशय ने बुरी तरह मारा था। उसकी आँखों से निरंतर पानी गिरता है। वह दिन में तीन-चार बार गोबर करती है। वह है तो गाय की तरह ही; परंतु है वह हमारे अफसर महोदय की, इसलिए उसे फकत गाय समझकर नहीं छोड़ा जा सकता। पहुँचानेवाले को सरकारी फंड से उचित इनाम का प्रावधान भी है। यह सुनहरा मौका न चूकें तथा अपने आपको झोंक दे इस कार्य में।

—छोटा अफसर'

पूरा दफ्तर गाय की तलाश में निकल पड़ा। अकेली कुरसियाँ तथा कमरे की दीवारें गुमसुम-सी रह गईं। इत्तफाक कहिए, किसी आम आदमी का छोटा अबोध बच्चा भी उसी समय खो गया। वह पुलिस दफ्तर में आया तो सन्नाटा था। शिकायत दर्ज करनेवाला आदमी भी न था। वह इधर-उधर देखता रहा। उसकी समझ में कुछ भी नहीं आ रहा था। जनता की रक्षक पुलिस आखिर चली कहाँ गई है—सोचकर हैरान था। तभी छोटे अफसर महाशय आए और वे आगंतुक पर झल्लाए, "कौन हो तुम?"

''सर, एक आम आदमी।''

''आम आदमी, क्यों आए हो यहाँ?''

''सर, मेरा बच्चा दोपहर से गायब है।''

''तमीज तो है नहीं, छोटे बच्चों का ध्यान भी नहीं रख सकते। बच्चे खोते हो तुम, इसमें हम क्या करें?''

''सर, बच्चे को तलाशने की शिकायत दर्ज कर लीजिए।'' आम आदमी गिड़गिड़ाया।

छोटे अफसर बोले, ''देखो, ऐसा करो तुम, दो-चार दिन ठहरो। हमारे अफसर महोदय की सफेद गाय खो गई है, वह मिल जाए, बाद में हम तुम्हारे बच्चे को ढूँढ़ने का कार्य हाथ में ले सकेंगे। इस समय कुछ नहीं हो सकता। पूरा स्टाफ गाय की तलाश में दर-ब-दर भटकता फिर रहा है। बच्चे तो रोज खोते हैं, हमारे अफसर की गाय पहली बार ही खोई है।''

''लेकिन सर, बच्चा तीन साल का ही है, वह तीन-चार दिन में तो पता नहीं कहाँ निकल जाएगा!'' आम आदमी बिलखता हुआ बोला।

''देखो, माथा खराब करने की तो आवश्यकता है नहीं, हम तो पहले ही परेशान हैं। जाओ, परसों आना। बच्चों को जन्म तो दे देते हो, परवरिश नहीं कर पाते!''

''नहीं सर, ऐसी बात नहीं है, वह घर से निकल गया है। सर, मेरे वह अकेला ही बच्चा है।''

''गाय भी उनके अकेले ही है।''

''मैं सर, गाय तो दूसरी खरीदकर, लाकर दे दूँगा। आप तो बच्चे के लिए कार्यवाही करवाइए।''

''तुम बेवकूफ हो। सवाल गाय का नहीं है। सवाल तो खोई गाय को ढूँढ़कर लाने का है। हमारी तो नाक का सवाल है। यदि हम गाय को ढूँढ़कर नहीं ला सके, तो लाले पड़ जाएँगे। तुम्हारे बच्चे को नहीं ढूँढ़ने पर तो हमारा बाल भी बाँका नहीं होगा, परंतु गाय को ढूँढ़ना लाजमी है। इसलिए आज तो जाओ।'' छोटे अफसर बोले।

''सर, गाय को मैं ढूँढ़ लाऊँगा।''

''तुम गाय ढूँढ़ लाओगे?''

''हाँ, सर, मैं उस गाय को जहन्नुम में से भी ढूँढ़ लाऊँगा। आप

उसका हुलिया बताइए।'' आम आदमी बोला।

''तो सुनो, यह तो लो गाय का हुलिया। इस कागज में पूरा लिखा है। परंतु एक शर्त है। शर्त यह कि तुम यह गाय चुपचाप मुझे लाकर पकड़वाओगे तथा यह बात कहीं भी उजागर नहीं करोगे कि गाय तुमने ढूँढ़ी है। गाय ढूँढ़ने का श्रेय मैं लूँगा। फिर मैं तुम्हें आश्वस्त करता हूँ कि तुम्हारे बच्चे को ढूँढ़ने की शिकायत मैं यहाँ रजिस्टर में दर्ज करा दूँगा।'' छोटे अफसर ने कहा।

''हाँ, सर, मेरे बच्चे के लिए कुछ करिए, वह अबोध है। कहीं किसी एक्सीडेंट का शिकार न हो जाए।'' वह गाय ढूँढ़ने जाने से पहले बोला।

''ठीक है, तुम जाओ। गाय मिल जाए तो चुपचाप ढूँढ़कर ले आओ।''

आम आदमी भी गाय ढूँढ़ने निकल पड़ा।

उधर पुलिस विभाग की गाड़ियाँ और आला अफसर तथा छोटे सिपैया दनादन इधर से उधर धरती का चप्पा-चप्पा छान रहे थे, परंतु गाय ढूँढ़ने का अंदाज सरकारी ही था। बीच में कहीं चाय पीने बैठ गए तो कहीं सिगरेट पीने। गाय थी कि पता नहीं कहाँ जा बैठी थी। पूरे दिन हजारों रुपयों का पेट्रोल फूँकने के बाद निराश मन से कार्यालय में लौट आए।

छोटे अफसर अपनी आँखें गुस्से से लाल किए सबको घूर रहे थे। सब गरदन झुकाए खड़े थे। वे गुस्से में चीखे, ''क्या यही आप लोगों की कार्यकुशलता है? क्या यही पुलिस विभाग की चौकस नजरें हैं? क्या यही आप सबकी मुस्तैदी है? बताइए, मैं क्या जवाब दूँगा अफसर महोदय को? इस अयोग्यता से मैं बहुत नाराज हूँ। आप सबकी गोपनीय रिपोर्ट खराब करके धर दूँगा। बताइए, क्या किया जाए आपके साथ? मैं तमाम लोगों को सस्पैंड करा दूँगा। कार्यालय समय तथा पेट्रोल बरबाद करके मुँह लटकाए लौट आए!''

तभी आम आदमी हाँफता हुआ आया और बोला, ''सर, आपके अफसर साहब की गाय मिल गई है!''

''कहाँ मिली?'' छोटे अफसर ने आँखें निकालकर पूछा तो वह आम आदमी सहज भाव से बोला, ''सर, वह सरकारी नर्सरी में हरी-हरी घास चर रही थी।''

''यह झूठ है। नर्सरी में तो हमने दो बार दिखवाई थी—यह गाय

कहीं तुम चुराकर तो नहीं ले गए थे?''

''सर, आप यह क्या कह रहे हैं! मैं तो अपने बच्चे की तलाशी के लिए मीलों तक बदहवाश भागता रहा, तब जाकर ढूँढ़कर लाया हूँ। उलटे आप मुझपर चोरी का आरोप लगा रहे हैं! आपने कहा था—यदि मैं गाय ढूँढ़ लाया तो आप मेरे बच्चे को ढूँढ़ने की कार्यवाही कराएँगे।''

''तुम चोर हो। सिपाहियो, इसे 'अरेस्ट' कर लो। चोरी के आरोप में मुकदमा दायर करके जेल में डाल दो। तब पता चलेगा इसे कि पुलिस का चक्कर क्या होता है!'' छोटे अफसर बोले।

आम आदमी ने दौड़कर छोटे अफसर के पाँव पकड़ लिये और गिड़गिड़ाने लगा, ''सर, यह क्या जुल्म कर रहे हैं!''

छोटे अफसर उसे एक ओर ले जाकर बोले, ''तुमने वादाखिलाफी की है—सबके सामने गाय लाकर। तुम्हें चुपचाप मुझे सूचना देनी थी। मेरा सुनहरा मौका खोया है तुमने। तुम्हें जितनी सजा दी जाए—वह कम है।''

आम आदमी बोला, ''सर, बच्चे की चिंता में मुझे आपकी शर्त का तनिक भी खयाल नहीं रहा और मैं इसी उत्साह में सबके सामने ले आया गाय को।''

''तो भुगतो अब सजा। मैं तुम्हें गाय की चोरी के मामले में दंड दिलवाकर रहूँगा।''

तभी एक अन्य आम आदमी एक छोटे बच्चे को लेकर आया और छोटे अफसर से बोला, ''सर, यह बालक बाजार में मिला है, इसे यहाँ रखिए—हो सकता है, इसके माँ-बाप यहाँ आकर ले जाएँ।''

छोटे अफसर ने आगंतुक को घूरा और कहा, ''ठीक है, छोड़ जाओ।'' लपककर पहलेवाला आदमी बच्चे से लिपटकर सुबक पड़ा, ''कहाँ चले गए थे मेरे लाल!''

पुलिस के छोटे अफसर ने बच्चे को उससे अलग किया तथा आदेश दिया—''सिपाहियो, इस गाय के चोर को डाल दो जेल के सीखचों में।''

वह चिल्लाता रहा, परंतु किसी ने उसकी एक नहीं सुनी और उसे जेल में डाल दिया। गाय तो मिल गई थी, परंतु खोजनेवाला सजा पा रहा था।

●

जाना पुलिसवालों के यहाँ, इक बारात में

प्रेम जनमेजय

मुझे रेल-यात्रा और दूसरों के विवाह में बाराती बनकर जाने में विशेष रुचि है। रेलगाड़ी देखते ही मेरे पाँव थिरकने लगते हैं। अंदर से जैसे कोई धक्के देकर कहता है—चढ़…चढ़…चढ़ जा। और विवाह में जाने की बात सुनते ही मुँह पानी-पानी हो जाता है। इसलिए मित्र ने जब विवाह में चलने का निमंत्रण दिया तो इस डर से कि औपचारिकता में एक बार न कहने पर कहीं मित्र निमंत्रण वापस न ले ले, मैंने तत्काल 'हाँ' कर दी। परंतु बाद में बहुत पछताया। यह पूछने पर कि लड़की के पिता क्या करते हैं, जब मित्र ने बड़े रोब से कहा, 'डी.एस.पी. हैं', तो मेरी आँखों के आगे अँधेरा छा गया। अपना जीवन असुरक्षित लगने लगा, टाँगें काँपने लगीं और जबान लड़खड़ा गई। फिर भी मैंने साहस इकट्ठा कर कहा, "भई…बात यह है कि…उस दिन मैं बहुत व्यस्त हूँ…आ नहीं सकूँगा…मुझे माफ करना, दोस्त!"

"किस दिन नहीं आ सकोगे, विवाह की तारीख तो मैंने तुम्हें बताई नहीं है!" मित्र ने आश्चर्य से कहा।

"भई, उसी दिन…माफ करना…जिस दिन भी तुम्हारा विवाह है…मैं इन दिनों क्या, पूरे वर्ष बुरी तरह व्यस्त हूँ…बुरा मत मानना, मैं नहीं चल सकूँगा।"

"कमाल के आदमी हो यार तुम, अभी तो तुम चलने को तैयार थे। बस, अब यह सब नहीं चलेगा। तुमने एक बार 'हाँ' कह दिया, तुम्हें वचन से मैं नहीं मुकरने दूँगा। तुम्हें अपने वचन का पालन करना ही पड़ेगा। तुम्हें चलना ही पड़ेगा।" मित्र ने मेरा हाथ कसकर पकड़ लिया।

"तुम समझ नहीं रहे, यार···मेरी जिंदगी का सवाल है···तुम समझ नहीं रहे हो···अब क्या बताऊँ!" मेरा स्वर रुआँसा हो चला था।

"मैं सब समझ रहा हूँ। तुम सब साले कायर हो! जिसे बताता हूँ, पुलिसवालों के यहाँ बारात में जाना है, वही कपड़े झाड़कर अलग हो जाता है। अनजाने में रिश्ता जोड़ ही बैठे हैं···तुम तो खुद समझदार हो···जानते ही हो, पुलिसवालों के यहाँ से रिश्ता वापस लेना कितना कठिन है···देख ली दोस्तों की यारी, रिश्तेदारों का अपनापन देख लिया···सब अपनी सोच रहे हैं···मेरी कोई नहीं सोचता···तुम्हें तो एक दिन के लिए जाना है और मुझे···।" यह कहते ही वह फूट-फूटकर रो पड़ा था। मैं उसके दुःख से द्रवित हो गया। वैसे भी द्रवित होना हमारा राष्ट्रीय गुण है, अतः द्रवित होकर सोचा कि लोग देश पर शहीद होते हैं, मैं मित्र पर ही हो जाता हूँ। इस प्रकार मित्र के दुःख से और लोगों के द्रवित होते ही बारात तैयार हो गई।

मैंने चलते हुए पत्नी से कहा, "प्रिये! तुम मेरे शरीर के संपूर्ण अंगों को एक बार पुनः प्यार से निहार लो, हो सकता है, लौटने पर इनमें से कुछ तुम्हें गायब मिलें। मेरी उन आँखों को, जिनकी गहराई में उतरना तुम्हें खास पसंद है, विशेष रूप से देख लो। प्रिये! मेरे शरीर की पवित्रता भी तुम अंतिम बार निरख लो, न जाने मैं किसके बलात्कार का शिकार होकर लौटूँ। मैं पुलिसवालों के यहाँ एक बारात के साथ जा रहा हूँ, मेरे पीछे से तुम व्रत आदि रखकर मेरी सुरक्षा की कामना करना। तुम तो जानती हो प्रिये, मेरा धार्मिक कर्मकांड में विश्वास नहीं है, परंतु संकट की इस घड़ी में मैं प्रतिज्ञा करता हूँ कि यदि मैं सकुशल लौट आया तो हनुमान मंदिर में सवा पाँच रुपए का प्रसाद चढ़ाऊँगा। मेरे पीछे तुम अपना तथा बच्चों का ध्यान रखना। मैं चला।"

पत्नी ने धूप-अगरबत्ती से मेरी आरती उतारी, मुझे तिलक किया तथा सजल नेत्रों से बिदा किया। मैं कटने को जाते बकरे-सा बार-बार मुड़कर

घर को देख रहा था।

बस में एक को छोड़कर सभी शांत बैठे थे। वह अशांत आत्मा मेरी साथवाली सीट पर ही बैठी थी। वह शादी के मूड में गला फाड़कर गा रहा था और दूसरों से भी अनुरोध कर रहा था कि वे गाएँ नहीं तो कम-से-कम तालियों से ताल ही दे दें। उसने मुझे भी कोहनी मारकर कहा—"भाई साहब, गाइए न···मेरा यार बना है दूल्हा···आह्···आह्···यार बना है दूल्हा···गाइए न!" वह बार-बार कोहनी मारता और मुझे गाने को कहता। जब वह बहुत कोहनी मार चुका और उसकी लापरवाही को देखकर मैं ईर्ष्या से जलने लगा तो मैंने उसपर वज्रपात कर ही दिया, और कहा, "भाई साहब! शायद आपको मालूम नहीं है कि हम पुलिसवालों के यहाँ बारात में जा रहे हैं।"

यह सुनते ही वह मूर्च्छित हो गया। उसे होश में लाया गया तो 'बचाओ, बचाओ' की पुकार लगाकर चलती बस से कूदने लगा। बड़ी कठिनाई से उसे सँभाला गया।

अपने स्वभाव के विरुद्ध बारात को सही समय पर लेकर चली बस, सही समय जनवासे पर पहुँची। बस को यह भय था कि पता नहीं इसी बात पर कहीं चालान न हो जाए और बाराती इस भय से भयभीत थे कि क्या मालूम, इसी बात पर लड़कीवाले नाराज हो जाएँ। बस से उतरते ही सभी यात्री पहले लघुशंका से निपटने के लिए भागे।

मैंने बस से उतरकर देखा, एक फ्लाईंग स्क्वॉड जनवासे पर खड़ी हुई थी। उसमें बैठा एक सिपाही संदेश भेज रहा था—हैलो कंट्रोल डेल्टा ओ फाईव, हैलो···कंट्रोल-रूम, बारात ४ बजकर ५५ मिनट पर पहुँच गई है।

बारात बैंड-बाजे के साथ चली। बैंड-बाजे पुलिसवाले बजा रहे थे। सारी बारात की टाँगें काँप रही थीं, लग रहा था जैसे सारी बारात भंगड़ा कर रही है। बारात की सुरक्षा के विचार से लड़कीवाले बारात के साथ-साथ थे। बारात खामोश चल रही थी, बैंड-बाजे बज रहे थे। इसी बीच एक पुलिसवाले ने डंडा घुमाते हुए (जो संभवतः उसकी आदत थी) लड़के के छोटे भाई से कहा, "क्या बात है, तुम लोग नाच-गा नहीं रहे हो?" यह सुनते ही उसने अपने दोस्तों को लिया और नाचने-गाने का प्रयत्न करने लगा। उनमें से बहुतों

को नाचना नहीं आ रहा था, फिर भी विवशता में ऐसे नाच रहे थे जैसे मदारी के कहने पर भालू चरखा कातता है।

एक पुलिसवाले ने अपना डंडा हाथ में घुमाते हुए मुझ वैष्णव से पूछा, "क्यों, कितनी बोतलें चढ़ा लीं मुफ्तखोरजी ने!"

"कुछ नहीं···बिलकुल नहीं···मैं तो पीता नहीं हूँ···आपको···आपको गलतफहमी हुई है।" भय से मेरी टाँगें काँप रही थीं और जबान लड़खड़ा रही थी। वह सोच रहा था कि मैं पिए हूँ।

उसे विश्वास नहीं हुआ, बोला, "क्यों, हमसे उड़ने लगे? हम तो उड़ती चिड़िया को पहचानते हैं, बहन के···हमसे ही बदमाशी?" उसने डंडा मेरे थुलथुल पेट पर सटा दिया। मैंने स्वीकार कर लिया, "हाँ, पी है···पी है···देखो, मैं लड़खड़ा रहा हूँ···देखो यह मैं गिरा···" और मैं ठंडी सड़क पर गिर गया। वह ठहाका मारकर हँस पड़ा, जैसे सरकस का कोई करतब देखा हो।

सहमी-सी नाचती-टापती बारात चली जा रही थी। बारातियों के हाथ अपनी-अपनी जेबों पर थे, न जाने कब जेब साफ हो जाए। ऐसे में कुछ कहना भी तो मुश्किल था। पुलिसवालों की सच्चरित्रता पर प्रश्नचिह्न लगाना आसमान पर थूकने के समान है। आपका थूक आपके मुँह पर तो गिरता ही है, आसमान का थूक आपपर अलग गिरता है। अब करते रहिए सफाई! अत: संतों ने कहा है कि जीव को अपना ध्यान स्वयं रखना चाहिए, जिससे न उसे आसमान की ओर देखना पड़े और न थूकने की आवश्यकता अनुभव हो।

बारात का स्वागत अभूतपूर्व हुआ था। चारों ओर से बारात का स्वागत करने के आदेश सुनाई दे रहे थे। आदेशों का मुस्तैदी से (!) पालन भी हो रहा था। सभी अपनी-अपनी ड्यूटी पर तैनात थे।

"आइए हरामजादेजी, खाना खाइए।"

"लीजिए कमीनेजी, पूरी लीजिए।"

"अबे चिलगोजे की औलादजी, आपने तो कुछ खाया ही नहीं। यह साली गोभी तो खाकर देखिए।"

"ओए माँ के दीनेजी, आपके लिए कॉफी लाऊँ?"

चाशनी में डूबे आग्रह-विनम्रता से भरे ऐसे मृदु-मृदु स्वर कानों में

मधुर रस घोल रहे थे। लग रहा था, जैसे स्वयं अन्नपूर्णा अपने हाथों आग्रह कर खिला रही हैं। पूरी बारात का भोजन एक साँस में डकार जानेवाले महारथियों के यह सुनते ही, "और क्या खाओगे, पहलवानजी?" छक्के छूट गए। वे बेचारे भूखे पेट ही मैदान छोड़ बैठे। दूसरी ओर एक रोटी से ही तृप्त हो जानेवाले सींकिया पहलवान यह सुनते ही, "क्या बात है, हरामजादेजी! कुछ खा नहीं रहे हो? क्या खाना साला अच्छा नहीं लगा?" गबड़-गबड़ खाए जा रहे हैं। उनकी एक निगाह डंडे पर है, दूसरी खाने पर। डंडा जो न कराए, कम है। जिसे कम की चाह है उसका अधिक खाने से पेटदर्द हो रहा है और जिसको अधिक की इच्छा है, अभाव में उसके पेट में दर्द हो रहा है। सारी बारात खाने की प्रशंसा कर रही है। जिसने नहीं खाया, वह भी कर रहा है।

उस दिन दूल्हे को भी बारात बिदा कराने की उतनी उत्सुकता नहीं रही होगी, जितनी बारातियों को थी। एक-एक पल संकट का मानवीकरण लग रहा था। क्या खोया, इसका हिसाब लगाना तो कठिन है, पुलिसवालों के यहाँ से संपूर्ण शरीर के साथ जीवित लौट आए, इससे बड़ी उपलब्धि शायद जीवन में प्राप्त न हो।

●

पुलिस प्रकरण की पावनता

बालेंदुशेखर तिवारी

एक मोहल्ले में पुलिस संप्रदाय के सज्जनों ने चंद मिठाइयों को किसी मिष्टान्न विक्रेता से बिना धन्यवाद प्राप्त किया, तो किसी दूसरे मोहल्ले में पुलिस समुदाय के सदस्यों ने इसी शैली में कुछ पटाखे हासिल किए। बस बात इतनी-सी है और अफसाना बन गया।

होना तो यह चाहिए था कि इधर मिठाई की कोई दुकान सजती और उधर मिठाई का एक-एक टोकरा ससम्मान आसपास के सारे पुलिसकर्मियों के आँगन में पहुँच जाता। इधर गली में पटाखों की कोई दुकान खुलती और उधर सभी किस्म के पटाखों का एक-एक मिक्सचर पुलिसवालों के बाल-बच्चों को थमा दिया जाता। आखिर त्योहार के अवसर पर तो पुलिस को उसकी अथक सेवा के लिए याद किया जाए। लेकिन इस एहसान-फरामोश देश की जनता को क्या कहा जाए? सब-के-सब बेहद कृतघ्न किस्म के लोग हैं। बेचारी पुलिस आम जनता के हितार्थ सुबह से शाम तक व शाम से सुबह तक व्यस्त रहती है और इतनी कठिन सेवा के बदले में चंद मिठाइयाँ, कुछ पटाखे भी पुलिस को सादर समर्पित नहीं कर सकते हैं लोग! धिक्कार है! इन्हीं ओछे लोगों के बीच कानून और व्यवस्था, ट्रैफिक और क्राइम का इंतजाम बेचारी पुलिस को करना पड़ता है। आखिर क्यों पुलिस के लोग इतनी जहमत मोल लेंगे? क्या इसीलिए कि दीपावली या किसी और पर्व-त्योहार के मौके पर साक्षात् पुलिस को मौका-ए-वारदात

पर जाकर मिठाई और पटाखे वसूलना पड़े? वास्तव में भारतीय जनता की कृतघ्नता और भारतीय पुलिस की सदाशयता की कोई सीमा नहीं है।

पुलिस की हर कार्यवाही और हर हरकत का जायजा लिया जाए तो मस्तक श्रद्धा से झुक जाता है। लोकमंगल की ऐसी बेचैनी किसी और में नहीं है। जब-जब धर्म की हानि होने लगती है, स्थिति में सही संतुलन पैदा करने के लिए पुलिस सीन पर हाजिर हो जाती है। किसी गाँव में महीने में एक बार चोरी या डकैती की वारदात न हो तो यह उस इलाके की पुलिस के लिए लज्जा की बात होती है। ऐसी ही संगीन दुर्घटनाएँ हर गाँव में घटने लगें, तो शायद पुलिस की प्रासंगिकता पर ही बहस होने लगेगी। इसीलिए पुलिस हर गाँव और हर मोहल्ले में सप्ताह में एक बार चोरी का सघन कार्यक्रम चलाती है। इस पुनीत कार्य के लिए पुलिस को कुछ ऐसे नर-रत्नों का पालन-पोषण भी करना पड़ता है, जो वक्त जरूरत चोरी या डकैती का कार्यक्रम संपन्न कर सकते हों। कई इलाकों में तो बेचारे दरोगाजी को ही इस प्रोग्राम का उद्घाटन करना पड़ता है।

भारतीय संस्कृति में बलात्कार की अत्यंत पुरानी महिमा है। अहल्यावाले केस के जमाने से ही बलात्कार के क्षेत्र में पुलिस चौकस है। जब किसी मोहल्ले में महीनों के बीत जाने पर भी बलात्कार की कोई अमानवीय घटना नहीं घटती, तो समस्त अघट घटनाओं की सूत्रधार भारतीय पुलिस को ही बलात्कार का नमूना पेश करना पड़ता है, ताकि जनता भारतीय संस्कृति के इस अनमोल अध्याय को भूल न जाए। इस महान् सांस्कृतिक कार्यक्रम में दरोगा, हवलदार, सिपाही—सबको भाग लेने की छूट मिली हुई है। समाजवाद का इतना उत्तम प्रबंध कहीं और नहीं है। भारतवर्ष को नेताओं, दलालों, इंजीनियरों और ठेकेदारों का स्वर्ग कहा जाता है, जबकि पुलिस का विनम्र निवेदन यह है कि इस लिस्ट में पुलिसकर्मियों का उल्लेख भी होना चाहिए। आदर्श समाजवादी देश में नागरिक का आर्थिक स्तर कितनी तेजी से ऊपर उठता है इसके प्रमाणस्वरूप भारतीय पुलिस के किसी भी हवलदारोत्तर पदाधिकारी के घर में झाँका जा सकता है। बेचारे दरोगा साहब को कुल ग्यारह सौ रुपए वेतन के रूप में प्राप्त होते हैं, लेकिन उनकी आस्था समाजवाद में इतनी तीव्र है कि उनके घर पर कमरे में एक अदद रंगीन टी.वी. और किचन में एक अदद फ्रिज मौजूद है। देश का

बहुमुखी विकास करने के लिए उन्होंने तीन शहरों में सिर्फ तीन लाख की लागत से तीन मकान बना रखे हैं। देशप्रेम की यह भावना पुलिस-सेवा में संलग्न हर प्राणी में कूट-कूटकर भरी हुई है। इसी कारण चौराहे पर तैनात सिपाही से लेकर वातानुकूलित कक्ष में बैठे बड़े अफसर तक में देश के विकास का संकल्प समान स्तर पर दिखाई पड़ता है। अगर कोई सिपाही किसी सब्जीवाली से चंद टमाटर माँग लेता है या कोई सब-इंस्पेक्टर किसी स्टोर से चार साड़ियाँ माँग लेता है तो यह इन महामानवों की अगाध देश-सेवा के प्रतिदान में कुछ भी नहीं है। यह तो आम जनता का कर्तव्य है कि वह पुलिसकर्मियों की सुख-सुविधा का ध्यान रखे।

जब जनता अपने अधिकार और कर्तव्य भूल जाती है, तब पुलिस को सक्रिय होना पड़ता है। हमारे मोहल्ले के चौक पर जिन हवलदार की ड्यूटी रहती है वे धरती के अन्य सिपाहियों की तरह रुपए-पैसे को हाथ नहीं लगाते हैं। उन्होंने पास के पान भंडार के साथ समझौता कर रखा है और सभी ट्रकादि चालक पान भंडार पर ही नजराना जमा करते हैं। लेकिन परसों एक नया अध्याय सामने आया। चौराहे पर आकर ट्रक रुका, तो हवलदार ने हमेशा की तरह ड्राइवरों को पान भंडार पर भेज दिया। ट्रक ड्राइवर गोपाल के पास गया और बोला कि सिपाहीजी अपने पच्चीस रुपए माँग रहे हैं। पानवाले ने सिपाही से आँखों की भाषा में पुष्टि की। सिपाही उस समय एक फलवाले से केले वसूल रहे थे। तेजी से उन्होंने इशारे का जवाब दिया। पानवाले से पच्चीस रुपए लेकर ट्रक ड्राइवर चला गया। शाम ढलने पर सिपाहीजी पान की दुकान पर दिन-भर की कमाई बटोरने जा पहुँचे और यह जानकर परम दुखी हुए कि ड्राइवर भारतीय पुलिस को चूना लगा गया। इस घटना से भी जनता का ओछापन सामने आया है और हम सब मोहल्लावासियों ने आपस में चंदा कर सिपाहीजी को पच्चीस रुपए सौंपे। ऐसी हालत अत्यंत चिंताजनक है। पुलिस का यह पावन धर्म है कि वह नजराना, सौगात आदि प्राप्त करे। इसमें बाधा पहुँचाना अधर्म और संस्कृति विरोधी आचरण है।

लिहाजा, किसी सिपाही ने किसी दुकान से मिठाई या पटाखा या कुछ और वसूल लिया तो इस बात को अफसाना बनाने की कतई आवश्यकता नहीं है। अफसाना तो तब बनेगा, जब मोहल्ले में कोई दुकान खुले और

हवलदार साहब को कुछ उपहार न मिले। अचंभा तो तब होगा, जब थाने के सामने से कोई सुंदरी गुजरे और साईट पर मौजूद सिपाही खांटी भोजपुरी में कुछ बोल न छोड़े। कहानी तो तब बनेगी, जब पॉकेटमार को पकड़कर पुलिस बिना कमीशन लिये छोड़ देगी। अफसाना तब भी बनेगा, जब मिठाई और पटाखा वसूलनेवाले पराक्रमी पुलिसकर्मियों को अगले साल पुलिस मैडल नहीं मिलेगा। इन्हीं महामानवों के कारण यह विशाल देश चल रहा है, वरना न जाने क्या होता…।

●

जयहिंद

महेश सांख्यधर

"महाराज! ऐसे प्रजातंत्र से तो हम ऊब गए। इससे तो अंग्रेजी राज भला था।" पार्वती आगे भी कुछ कहना चाहती थीं, परंतु शंकर नारद की ओर देखकर मुसकराते हुए बोले—"क्यों, आज कुछ मजेदार हो गया?"

पार्वती लजाईं, मुसकराईं, बोलीं—"स्त्रियों का तो मृत्युलोक में जाना ही खतरे से खाली नहीं है। एक गरीब रिक्शावाले पर तरस खाकर मैं बाजार रिक्शा से चलने लगी तो सड़क के बाएँ-दाएँ, आगे-पीछे से सीटियों की झड़ी लग गई। कोई फब्ती कसता—हाय! बिलकुल जूही चावला है, दूसरा कहता—क्यों, जूही चावला क्यों नहीं हो सकती? तीसरा कहता—जूही चावला इसके सामने क्या बेचती है!— मैं दंग रह गई। सामान्य स्त्रियों की कैसी दशा होगी?"

शिव ने पूछा—"तुमने किसी पुलिसवाले को नहीं कहा?" पार्वती बोलीं—"इंडिया में शायद पुलिस गुंडों से डरती है अथवा उसकी ड्यूटी में यह हरकतें रोकना सम्मिलित नहीं है।" शिव बोले—"संसार ऐसे ही चलता है, भवानी। छोड़ो भी! आजकल अधिकारियों/मंत्रियों को भी फब्तियाँ/गालियाँ सुनकर अनसुनी करनी पड़ती हैं।"

पार्वती अड़ गईं—"क्यों?"

शिव बोले—"यही मायाजाल है। अंग्रेजों ने इसे पुलिस की संज्ञा प्रदान की। विस्तृत जानकारी चाहती हो तो नारद को साथ लेकर दिल्ली

के कबाड़ी बाजार में चली जाओ। वहाँ एक सेवानिवृत्त पुलिस अधिकारी रहते हैं। वह सब कुछ समझा देंगे।''

पार्वती के साथ नारद को देखते ही अधिकारी पैरों में गिर गया। पार्वती इस शालीनता से गद्‌गद हो विचार करने लगीं—'लोग मिथ्या ही पुलिस को दोष देते हैं कि उनका व्यवहार तमीज की परिधि से बाहर होता है। इतना बड़ा अधिकारी रहने के बावजूद घर के बाहर नाम की तख्ती तक नहीं। नहीं तो अर्दली के घर के बाहर भी आकर्षक नामपट्टिका होती है—भूतपूर्व अर्दली, परगनाधीश, भूतपूर्व सिपाही, होमगार्ड, भूतपूर्व सदस्य, मोची यूनियन—आदि-आदि।' पार्वती की विचारतंद्रा तब टूटी जब कानों में मधुर स्वर गूँजा—''सेवक को कचूमरसिंह कहते हैं।'' हाथ जोड़ते हुए उसने निवेदन किया—''क्या चलेगा? चाय, कॉफी, बियर, रम, सुल्फा, गाँजा, अफीम, हैरोइन, कोल्डड्रिंक? कबाड़ी बाजार में दुनिया की हर चीज मिलती है, और बिलकुल सस्तेदाम।''

पार्वती विस्मय से उसका मुँह ताकने लगीं तो उसने उनको बताया—''हाँ! ईमान, धर्म, कला, विद्या तक यहाँ कौड़ियों के मोल बिकते हैं। यह दिल्ली है, मैडम। पृथ्वीराज चौहान वाली दिल्ली; पर अब तो दिल्ली दिलवालों की है, दिल जो खून की नदियाँ देखकर दहल न जाए। दिल जो गरीबों की आहें सुनकर ठहर न जाए। दिल जो दया से भर न आए। कबाड़ी बाजार दिल्ली का वक्ष है। इसपर टिकी है देश की अर्थव्यवस्था। यह सत्य सर्वविदित है। हाँ! पुलिस की इसमें कोई भूमिका नहीं है। पुलिस न इसे चलाती है, न रोकती है।''

कचूमरसिंह के धाराप्रवाह वक्तव्य को रोकते हुए नारद ने मैडम के आने का अभिप्राय बताना चाहा तो योग्य अधिकारी ने स्पष्ट किया—''उन्हें सूचना मिल गई है।'' इसपर नारद हतप्रभ रह गए। कचूमर ने उनके आश्चर्य को मिटाते हुए कहा—''पत्रकाराचार्य! आप समझते हैं कि सब कुछ पत्रकारों को पता रहता है? सफल पुलिसवाले तो यह भी जानते हैं कि पत्रकार महोदय किसके पैड पर, किसके पेन से लिखते हैं, किसकी रम पीते हैं और किससे स्कूटर में पेट्रोल डलवाते हैं। कुशल पुलिस को चोरी, डकैती, लूट, हत्या, अपहरण की जानकारी पहले से होती है।'' इसपर पार्वती के मुँह से निकल पड़ा—''सच?''

"इसमें हैरानी की क्या बात है?" कचूमरसिंह बोले—"पुलिस में भगवान् कृष्ण वास करते हैं, जिन्हें पहले से पता था कि महाभारत होना है और लोग मारे जाने हैं।"

"अच्छी पुलिस, कुशल पुलिस, सफल पुलिस आए कहाँ से?" पार्वती कह गईं तो कचूमरसिंह उचकते हुए बोले—"मैं बताता हूँ, मैडम! अच्छी पुलिस के लिए प्रथम शर्त है कि उसका मनोबल कैसे ऊँचा रखा जाय। यह बाद में बताऊँगा। दूसरी शर्त है कि भरती के नियम कठोर हों और वे ही युवक-युवतियाँ पुलिस में लिये जाएँ जिनके माँ-बाप में से कम-से-कम एक पुलिस में सेवा कर चुका हो। क्योंकि मात्र विभागीय प्रशिक्षण से पुलिस चरित्र का निर्माण नहीं हो सकता। मेरे सफल पुलिस अधिकारी होने के पीछे यही रहस्य है। मेरे माता-पिता दोनों पुलिस में थे। इससे मेरे रक्त में पुलिस के जर्म्स जन्मजात हो गए।

"मेरे माँ-बाप का पक्का विचार था कि वे मुझे पुलिस में ही भेजेंगे। सो जन्म से ही उन्होंने मुझे शाकाहारी, दयावान, न्यायप्रिय, परोपकारी, भला आदमी बन जाने के संस्कारों से कोसों दूर रखा। वे दोनों इतनी प्रतियोगात्मक गालियाँ देते थे कि उनका अर्थ न समझने पर भी मेरा रोम-रोम पुलकित हो जाता था और गालियों की सुगंध से मोहल्ले-भर के मच्छर उड़ जाते थे। मुझे याद है कि मैंने अपने बोलने का श्रीगणेश गालियों से किया था। गलती से भी मैं बिना गाली के बोल जाता या मोहल्ले के बालकों को बिना पीटे घर आ जाता अथवा बड़ों से सभ्यता से पेश आ जाता तो पिताजी पीटते हुए कहते थे—'बेटा! पुलिस में जाना है' और माताजी छोंक लगाती थीं कि 'यह तो पुलिस में जाकर हमारी नाक कटवाएगा, इसे गाली देने तक की तमीज नहीं'। मोहल्ला क्या, परिचित-रिश्तेदार भी मेरी गालियों, शैतानियों, बदतमीजियों की उत्कृष्टता के आधार पर मान चुके थे कि मैं बिलकुल पुलिस लायक हूँ। सच बोलना, अपने पैसों की चीज खरीदकर खाना मेरे लिए अक्षम्य अपराध था। यह संस्कार मुझमें भरती से पूर्व ही डाल दिया गया था कि दूसरों को सताना और झूठ पर अड़े रहना ही पुलिस का मूलमंत्र है। स्वार्थवश अधिकारियों, सत्ताधीशों के सामने साष्टांग प्रणाम कर पीछे कम-से-कम सौ गालियाँ गिनकर देना उस मूलमंत्र का तंत्र है। मेरे पिताजी कहते थे कि जिस दिन पुलिस में नैतिकतावादी, सत्यवादी,

न्यायवादी, दयावादी, अहिंसावादी, समतावादी नस्ल की औलाद भरती हो जाएँगी, उसी दिन पुलिस का बंटाढार हो जाएगा। मैं ट्रेनिंग में भी सर्वश्रेष्ठ जवान रहा, क्योंकि उस्तादों के बूटों की धूल अपनी जीभ से साफ करते हुए उनके सामने कुत्ते की भाँति पूँछ हिलाता था और पीछे कोबरा-सी जबान चलाकर स्तरीय गालियाँ देता था। नौकरी में सफलता के लिए जो विशेष गुण किसी पुलिसवाले में वांछित है, वह मुझमें था। अधिकारियों को जी सर! जी सरकार! अधीनस्थों-सामान्यजनों को गालियों की बौछार।

"सफल पुलिसमैन परशुराम की प्रतिलिपि होता है कि सत्ता यदि पिता के हाथों में हो तो उनके आदेश से माँ का सिर काटने में भी संकोच न करे और कंस और औरंगजेब की भाँति सत्ता-मार्ग में बाधा डालनेवाले बाप को भी जेल में ठूँस दे।

"मैं अंग्रेजी शासन में भरती हुआ तो जब तक अंग्रेज रहे, उन्हें अपना वास्तविक पिता मानता रहा और कांग्रेसियों की खाल उधेड़ता रहा—और ज्यों ही सत्ता कांग्रेस के हाथ में आई, मेरे भाई-बाप वे हो गए। अंग्रेजों को आज भी कोसता हूँ। इससे न मात्र कांग्रेसी, अपितु अधिकांश भारतवासियों को अपार सुख मिलता है।

"पुलिस की छवि बनाए रखने के लिए ही मैंने कभी रोडवेज की बस में यात्रा नहीं की। ट्रक, टैंपो, प्राइवेट बसों में ही चला। किराया तो देना ही नहीं था। जीवन में कभी रेल में नहीं दिया तो उन्हें क्या देता? चाय भी उन्हीं की पी। आजकल देखता हूँ कि नए-नए रंगरूट अकड़कर रोडवेज में बैठते हैं और अन्य यात्रियों से भी पहले कंडक्टर के आगे टिकट माँगने आ खड़े होते हैं तो बड़ी कोफ्त होती है कि कंडक्टर-ड्राइवर और पब्लिक की निगाह में पुलिस की क्या इमेज बची होगी? रेल तक में अब पुलिसवाले टिकट लेकर चलने लगे हैं। ये क्या व्यवस्था सधारेंगे? यह सब भरती की शिथिलता का परिणाम है।

"एक बार मैं सादा वस्त्रों में रोडवेज की बस में यात्रा करने बैठा तो कंडक्टर ने टिकट बनवाने को कहा। मैंने समझाया कि मैं पुलिसवाला हूँ और जहाँ बस चल रही है वह मेरा क्षेत्र है। कंडक्टर न माना। बोला—'मैं भी सरकारी आदमी हूँ।'

"मुझे ताव आ गया—'दो पैसे की कंडक्टरी करनेवाला तू पुलिस

की बराबरी करेगा? हमारा टिकट बनाएगा? अबे! सरकार और सरकारी आदमी का अर्थ केवल पुलिस होता है, शेष सब नौकर होते हैं।' अगले ही दिन तमंचा और शराब की बीस लीटर की केन के साथ कर दिया अंदर। उसके अधिकारियों को समझा दिया कि तुमपर जब जूते पड़ते हैं तो हमीं बचाते हैं। वे चुप हो गए। क्षमा करें पत्रकार महोदय! मैंने तीसमारखाँ अखबारवालों और पुलिस के विरुद्ध लिखनेवालों को भी सबक सिखाया है पुलिस की छवि सुधारने के लिए, व्यवस्था बनाए रखने के लिए, राज्य में शांति अमन-चैन के लिए।

"यह सच है कि प्रजातंत्र पुलिस का शत्रु है। शत्रु तो पुलिस के चोर-बदमाश भी होते हैं; तो क्या पुलिस नहीं रहती या चोर-बदमाश नहीं रहते! जनतंत्र में पत्रकारों को पिलाते रहो, सांसद, विधायक, मंत्री आदि क्षेत्र में हों तो उनको सलाम बजाते रहो, बस सफल। अब शेष को चाहे उलटा लटकाकर पीटो, बेलन चढ़ाओ, बर्फ पर लिटाओ या बिजली के झटके दो अथवा एनकाउंटर कर किस्सा काटो। धरना, जुलूस-उलूस कोई निकालने की जुर्रत करे तो वह लाठीचार्ज करो कि औलाद से भी मना कर जाए। सेठ-साहूकारों को खोमचेवालों से अधिक मान्यता मत दो तो लक्ष्मी पीछे-पीछे फिरेगी। सफलता-ही-सफलता। आदर्श पुलिसवाला दूसरों को गधा और खुद को खुदा समझता है। गधों पर जितना बोझ अधिक लादोगे, डंडे अधिक बरसाओगे, व्यवस्था उतनी ही चुस्त-दुरुस्त रहेगी।

"दलाल पुलिस का अंग ही नहीं, रीढ़ होते हैं। इनके अभाव में पुलिस बरबाद हो जाती है। इसलिए दलालों के सिवाय किसी को थाने के आसपास होकर निकलने भी नहीं देना चाहिए। पुलिस को अपनी रीढ़ सदैव सुदृढ़ रखनी चाहिए; क्योंकि पैसा, गवाह, गिरफ्तारी, एनकाउंटर इनके बिना संभव नहीं हो सकते और न अधिकारियों की सभा में पुलिस की प्रशस्ति के पुल बाँधे जा सकते हैं। थानों में अनावश्यक लोग आने लगते हैं तो पुलिस की छवि धूमिल होने लगती है।

"मेरे जमाने में लोग पुलिस की तुलना कुत्तों से करते थे। तब हमारा सीना फूलकर सवाया हो जाता था। आज के पुलिसवालों की कुत्ते से तुलना करना मानो कुत्ते का अपमान है। सच्ची पुलिस कुत्ते के समान वफादार, सतर्क और दूरदर्शी होती है। उसकी सूँघ बहुत तीव्र होती है। उसे घुप्प

अँधेरे में भी यह सेंस होता है कि किसके आगे पूँछ हिलानी है, किसके तलवे चाटने हैं, किसपर भौंकना है और किसे काटना है ?

"झूठ को सच प्रमाणित करना पुलिस की वकील-जैसी विवशता है। इसलिए झूठ बोलने में उसे इतना सिद्धहस्त होना चाहिए कि नीचे से ऊपर तक अपनी बात पर अड़ा रहे। हाँ! फँस जाने पर दो कौड़ी के आदमी के पैर पकड़ने में भी न झिझके। छूटने पर शेर की भाँति पुनः गुर्राने लगे। ये सब कार्य केवल जन्मजात पुलिसवाले ही कर सकते हैं। इसलिए साधु, संन्यासी, आई.ए.एस., शिक्षक, कृषक, मजदूर, कवि, लेखक, दार्शनिकों के बच्चे को पुलिस में न लिया जाय। एक सीमा तक बड़े तीर्थस्थानों के पंडों, तांत्रिकों, शिकारियों और घाघ राजनेताओं के बच्चे यदि भरती कर लिये जाएँ तो वे पुलिस के चरित्र को बनाए रख सकते हैं।

"पुलिस को क्रियाशील और सुशील बनाने के लिए अनिवार्य है कि उसका मनोबल एवरेस्ट से कम ऊँचा न रहे। पुलिस को प्राण हथेली पर रखकर मंत्रियों की गद्दी, सेठ-उद्योगपतियों की लक्ष्मी और फिल्म तारिकाओं की अस्मत बचानी पड़ती है, इसलिए असामाजिक तत्त्वों से सख्ती से निपटते समय कुछ सामाजिक तत्त्व—साधु-फकीर, नेता, अध्यापक, समाजसेवी भी लपेट में आ जाएँ, अपराधियों को पकड़ते समय कुछ सोना-चाँदी साथ चला जाए, बाजार, मेले, प्रदर्शनी, जुलूस, सभी में स्त्रियों की सुरक्षा करते हुए अनजाने उनसे टच हो जाएँ तो उसका न बावेला मचाना चाहिए न पुलिसवालों को दंडित करने का विधान होना चाहिए; क्योंकि ऐसा स्वाभाविक है। इसी प्रकार हवा में गोलियाँ चलाते समय कुछ गोलियाँ बहक जाएँ और भीड़ पर चली जाएँ, किसी के शरीर में घुस जाएँ, जो कि स्वाभाविक है, तो उसकी न्यायिक जाँच नहीं होनी चाहिए। पुलिस तो बनाई ही बदमाशों के लिए गई है, अत: उसपर अपराधियों से साँठगाँठ का आरोप नहीं लगाना चाहिए। इन बातों से मनोबल गिरता है।

"विशेष अवसरों पर व्यवस्था और सत्ता का योग बंद रखने के लिए, जिसे संसदीय भाषा में जनहित कहा जाता है, पुलिस को पत्रकारों के कैमरे छीनने पड़ते हैं और राष्ट्रहित में उनकी तबीयत से धुनाई करनी पड़ती है, जिसमें बाद में पुलिस को कभी-कभी घसीटा जाता है; इससे उसका मनोबल चकनाचूर हो जाता है और तब पुलिस उड़ीसा छाप हो जाती है। गुंडा तो

गुंडा, भले को भी कुछ नहीं कहती।''

नारद देख रहे थे कि पार्वती प्रसन्न हैं और कुछ कहना चाहती हैं कि कचूमरसिंह दोनों हाथ जोड़ते हुए बोले—''क्षमा कीजिए! बहुत देर हो गई। अब कुछ खाना-पीना हो जाए।''

इडली, डोसा, दहीबड़े, रसमलाई, इमरती, रसगुल्ला आदि व्यंजन मेज पर सजे थे। नारद ने बात राशन की चीनी की छेड़ी तो कचूमरसिंह ने एक और अनुभव बताते हुए समझाया कि पुलिस में कैसे लोग भरती किए जाते हैं।

''मेरे एक बड़े अधिकारी की सुकन्या का विवाह था। दस कुंतल चीनी की व्यवस्था करनी थी। डीलर नेता बनता था, सो उसने बिना कार्डों के इतनी चीनी देने से स्पष्ट मना कर दिया। अब आप जानते हैं कि चीनी न मिलती तो मेरी नौकरी से छुट्टी हो जाती। मैंने छट्टे बदमाश बुलाए।'' कचूमरसिंह ने विजय के भाव से कहा—''आधी रात से पहले ही फटा हुआ सिर लेकर वह नेता छाप राशन डीलर पैरों में आ गया। इसके बाद किसी होमगार्ड को भी राशन, तेल, चीनी की परेशानी न हुई।

''अब समस्या बारात की व्यवस्था की थी। बी.ए., एम.ए. कांस्टेबलों ने जूठी प्लेटें उठाने से मना कर दिया। जैसे-तैसे पुराने कम पढ़े-लिखे चौकीदारों से काम चलाया गया। पुलिस सेना में पढ़े-लिखों का काम नहीं है साहब।

''पुलिस की विवशता को लोग नहीं समझ सकते, सर! अब बताइए कि आपके क्षेत्र में सांप्रदायिक तनाव हो और दो लाशें किसी कुएँ में पड़ी हों तो क्या करेंगे? लाशों को निकालकर कानूनी कार्यवाही करेंगे, पोस्टमार्टम कराएँगे तो दंगा भड़कने से नहीं रुकेगा। और किसी पब्लिक के आदमी से ठिकाने लगवाएँगे तो भंडा फूटने से न बचेगा। होगा क्या, हमारे बिल्ले उतर जाएँगे। ऐसी स्थिति में अपने ही विश्वासपात्र सहयोगी से यह कार्य कराना पड़ेगा। बिना दारू पिए या किसी लक्ष्मी रूपसी के लोभ के यह कृत्य कोई कर सकता है?''

नारद ने प्रश्न किया—''अच्छा एक बात बताइए। थाना इंचार्ज की नियुक्ति कैसे होती है?''

इसपर दोनों हाथ कुहनियों तक मोड़कर नब्बे अंश का कोण बनाते

हुए कचूमरसिंह गिड़गिड़ा पड़े—"सर! वैरी सॉरी! यह विभागीय वफादारी का मामला है। जनहित में इसे नहीं बताया जा सकता। बस आप इतना समझ लीजिए कि डी.जी., आई.जी., डी.आई.जी., एस.पी., डी.एम., मंत्री, राज्यपाल तथा दलों के पदाधिकारियों की नियुक्ति और थाना प्रभारी की नियुक्ति में कोई अंतर नहीं है।"

इसपर पार्वती प्रसन्न हो गईं और पर्स से दस का नोट निकालकर कचूमरसिंह की ओर बढ़ाते हुए कहा—"यह पुरस्कार लो। शीघ्र ही पुलिस सुधार आयोग बनेगा। आप उसके अध्यक्ष होंगे।" कचूमरसिंह विद्युत् गति से पार्वती और नारद के चरणों में लोट गए और बाद में झटके से बोले—"जयहिंद।"

●

अपराध-विरोधी पखवाड़ा और दरोगा गैंडासिंह

मीना अग्रवाल

और फिर यों हुआ कि अदालत में हँसी का फब्बारा छूट पड़ा। मुंसिफ मजिस्ट्रेट की कुरसी पर काले वस्त्र धारण किए बैठा 'योर ऑनर' भी अपने अधरों पर मुसकान लाए बगैर नहीं रह सका।

किस्सा क्या था?

किस्सा यह था जी कि कोई छः माह पहले प्रतिवर्ष की भाँति इस वर्ष भी उत्तर प्रदेश की पुलिस ने अपनी परंपरा के मुताबिक अपराध-विरोधी पखवाड़ा मनाया। यह पखवाड़ा हर जिले की पुलिस ने मनाया और जमकर मनाया। हमारे यहाँ की पुलिस में जहाँ और बहुत-सी खास बातें हैं, वहीं एक खास बात यह है कि वैसे तो वह कोई काम आसानी से करती नहीं और जब करती है तो जमकर करती है। भीड़ को तितर-बितर करना हो तो गोली जमकर चलाएगी, अपराधियों को उनके मौलिक अधिकार देने हों तो जमकर देगी। योजनाबद्ध एनकाउंटर करने हों तो जमकर करेगी और बेझिझक करेगी। तो साहब, प्रतिवर्ष की भाँति इस वर्ष भी जब अपराध-विरोधी पखवाड़ा मनाने का कार्यक्रम तय हुआ तो पुलिस इस सुपरिचित पखवाड़े को जमकर मनाने के लिए तैयार हो गई।

छोटा-सा शहर है यह। मँझोले शहरों से थोड़ा कम। दरोगा गैंडासिंह

राठौर दिन छिपते ही हमारे गाँव में आ धमके। मोटर साइकल की घड़घड़ाहट कानों में पड़ी तो हम चौंके। सोचा, भगवान् जाने कौन-सी आफत आ खड़ी हुई है। उठकर देखते हैं कि दरोगा गैंडासिंह राठौर अपने दो कुंतल के शरीर को मोटर साइकल से नीचे धकेलने का प्रयास कर रहे हैं। स्वाभाविक था कि हम घबरा जाते, सो हम घबरा गए। कोई सामाजिक तत्त्व अगर पुलिस को देखकर घबराता नहीं है तो आप उसके असामाजिक तत्त्व होने पर जितना चाहे संदेह कर सकते हैं। क्योंकि पुलिस से नहीं घबराते तो असामाजिक तत्त्व नहीं घबराते। जहाँ तक सामाजिक तत्त्वों का सवाल है, उनमें से कई तो पुलिस को देखकर प्राण छोड़ जाते हैं और पंचतत्त्व में लीन हो जाते हैं।

हाँ तो साहब! दरोगा गैंडासिंह राठौर अपनी भारी-भरकम देह को साथ लिये किसी दैवी विपत्ति की तरह आए और हमारे करीब मूढ़े पर अपने आपको चारों खाने चित गिरा दिया। बोले—"क्या बताएँ भाई, बड़ी मुसीबत में आ गए हैं। अपराध-विरोधी पखवाड़ा चल रहा है और हमारे हिस्से में अभी जीरो के सिवा कुछ नहीं है।"

हम समझ तो गए, पर बात टालने के लिए बोले—"यह तो मालूम है दरोगाजी कि अपराध-विरोधी पखवाड़ा चल रहा है, लेकिन आप तो मानते ही हैं कि हमारे मुल्क में साल के बारह महीने कुछ-न-कुछ चलता ही रहता है, कभी इस पार्टी का आंदोलन चलता है तो कभी उस पार्टी का आंदोलन चलता है। कभी एक राजनीतिक दल कोई अभियान चलाता है तो कभी दूसरा सामाजिक संगठन। कभी इसकी तरफ से मुहिम चलती है, कभी उसकी तरफ से। पूरे साल कुछ-न-कुछ चलता ही रहता है और भगवान् के भरोसे चलता रहता है, देश से लेकर शासन-प्रशासन तक! सो आप क्यों परेशान हैं इस चलने के चक्कर में! पखवाड़ा भी चलता रहेगा, आप भी चलते रहिए।"

"आपकी बात मानें तो बस हो गया काम।" थोड़ी गंभीर मुद्रा में बोले दरोगा गैंडासिंह राठौर—"आपकी बात पर चलें तो आप जानते हैं क्या होगा? पखवाड़ा चले न चले, हमारा भेजा जरूर चल जाएगा।"

"अच्छा साहब! अगर आप पखवाड़ा चलाने पर ही उतारू हैं तो बताइए दरोगाजी, हम आपकी क्या सेवा कर सकते हैं?" हमने दरोगाजी

की परेशानी को भाँपते हुए पूछा।

बोले—"कोटा पूरा करना है, यार, कोटा।"

हमारा मुँह खुला-का-खुला रह गया—"कोटा, क्या मतलब?" हमने मूर्खों की भाँति प्रश्न किया।

"अरे तुम कोटे का मतलब नहीं समझते हो?" दरोगाजी बोले।

"समझते तो हैं," हमने सहज भाव से कहा—"शहर में तो अब तक हम राशन की दुकान पर मिले चीनी, मिट्टी के तेल और अन्य आवश्यक वस्तुओं के चर्चित कोटे को ही जानते हैं, जो हर माह डीलर के हाथ ब्लैक में बेच दिया जाता है। और शहर से ऊपर की सतह पर, सुना है कि, कुछ दूसरी खाँप के कोटे-परमिट भी होते हैं, जिन्हें मंत्री आदि लोग अपने चहेतों और सगे-संबंधियों को उपलब्ध कराते हैं। इनके अलावा किसी और कोटे से हम परिचित नहीं हैं।"

"अरे तुम बड़े ही नादान हो!" दरोगा गैंडासिंह ने तिरस्कारपूर्ण हँसी हँसने के लिए अपनी पूरी बत्तीसी खोली। बोले—"अरे तुम नहीं जानते यार! अपराधियों को अंदर करने का भी एक कोटा होता है।"

"अपराधियों को अंदर करने का कोटा?" हमने अचंभा व्यक्त किया।

उत्तर दिया—"हाँ-हाँ भाई! अपराधियों को अंदर करने का कोटा! पिछले साल इस थाना-क्षेत्र से डेढ़ सौ आदमी पकड़कर जेल भेजे गए थे। इस बार कम-से-कम दो सौ तो होने ही चाहिए।"

हमने कहा—"दो सौ! क्यों-क्यों? इस बढ़ोतरी का क्या मतलब?"

बताया गैंडासिंह ने—"भई, जब अपराध बढ़ेंगे तो अपराधी भी बढ़ने चाहिए। और फिर आप तो जानते ही हैं कि शराब का ठेका इस साल पिछले साल की तुलना में डेढ़ गुने की बढ़ोतरी पर छूटा। भाँग, चरस और अफीम के ठेकों में गत वर्ष के मुकाबले दोगुने की बढ़ोतरी हुई। और तो और, नगरपालिका की तहबाजारी का ठेका भी पिछले साल की तुलना में ड्योढ़े पर छूटा। जब हर चीज का ठेका बढ़ रहा है तो अपराधियों का कोटा क्यों नहीं बढ़ना चाहिए? पिछले साल पुलिस ने इस क्षेत्र से डेढ़ सौ पकड़कर बंद किए थे, अब के यह आँकड़ा दो सौ तक तो ले ही जाना पड़ेगा!"

मामला काफी झंझट का था। हम कुछ देर चुपचाप बैठे सोचते रहे।

दरोगा गैंडासिंह ने अपने दो हाथों के डंडे से हमारी पीठ ठुकठुकाई। बोले, "अरे सोच क्या रहे हो? कुछ हमारी मदद करो ना!"

हमने चौंककर दरोगाजी की ओर देखा। सटपटाकर बोले—"क्या मदद करें दरोगाजी, अपराधियों की लिस्ट तो आपके पास ही होगी।"

"भई, बुरा मत मानना। आप तो सचमुच बुद्धि के नाम पर एकदम पैदल हो। इतना नहीं जानते कि एक तो पखवाड़ा आते ही सारे-के-सारे असामाजिक तत्त्व भूमिगत हो जाते हैं, भूमि पर तो केवल भूमिहीन रह जाते हैं, उन्हीं में से कोटा पूरा करना होता है पुलिस को। फिर असामाजिक तत्त्व तो दूध देनेवाले तत्त्व होते हैं, वे अंदर हुए तो, आप ज़ानते हैं, भूखे मर जाएँगे थानेवाले।"

हमने बात की गहराई को समझते हुए कहा—"तो भाई दरोगाजी! हम कैसे करें आपकी मदद? समझाइए कोई रास्ता।"

"आप हमारे मित्र हैं और संकट में मित्र ही मित्र के काम आता है। गाँव के कुछ छोकरों को बुलाइए हमारे पास। आप केवल बुलवा-भर दें, बाकी काम हम कर लेंगे।"

मरता क्या न करता! दरोगा का डंडा, हमने देखा, फिर हमारी पीठ ठुकठुका रहा है। आत्मरक्षा के लिए हमने गाँव के एक युवक घिस्सू को दरोगाजी के सामने बुलवा बिठाया। घिस्सू आ गया तो दरोगा और उसके बीच कुछ इस प्रकार के डायलॉग हुए—

"क्यों बे, क्या नाम है तेरा?"

"मेरा नाम है, सरकार, घिस्सू।"

"बाप का नाम बता?"

"बाप का नाम है, हुजूर, फत्तू।"

"क्या करता है बे?"

"मेहनत-मजूरी करता हूँ, सरकार!"

"तेरे खिलाफ चोरी की रिपोर्ट दर्ज हुई है। वारंट है तेरा।"

हमने देखा, घिस्सू दरोगा के सामने थरथर काँप रहा है। हाथ जोड़कर कसम-पर-कसम खा रहा है कि वह चोर नहीं है, वह तो चोर के पड़ोस में भी नहीं बसता; पर दरोगा मानने के लिए तैयार नहीं। गाली-गलौच से लेकर डंडा खड़काने तक आ गया।

तब हमने हस्तक्षेप किया। क्योंकि सिर से पानी ऊपर जाने के बाद ही हस्तक्षेप किया जाता है हमारे यहाँ। प्रशासन तो उस समय ही हरकत में आता है जब स्थिति नियंत्रण से बाहर हो चुकी होती है। हमने अपनी राष्ट्रीय परंपरा के अनुसार हस्तक्षेप करते हुए कहा—"चोरी-वोरी की बात तो जाने दीजिए, दरोगाजी। घिस्सू तो बहुत ही भला लड़का है। वैसे भी आपकी बात टालने वाला नहीं है यह।"

हमारी बात सुननी थी कि दरोगाजी की बाँछें खिल गईं।

"तो बात यह है बेटे घिस्सू," थोड़ी नरमी पकड़ते हुए दरोगा गैंडासिंह बोला—"तू दो-तीन महीने के लिए जेल चला जा।"

"जेल चला जाऊँ?" घिस्सू घबराकर बोला।

"हाँ-हाँ, जैसे घर में रहा, वैसे जेल में रहा। फर्क क्या पड़ता है? अब घर की रोटी तोड़ता है, तब सरकार की रोटी तोड़ना। तेरा पोटा भरेगा, हमारा कोटा भरेगा। कष्ट आदि तुझे कुछ होगा नहीं। धूल-सी झाड़कर चले आना दो-तीन महीने बाद।"

"ना माई-बाप! जेल तो ना जाऊँगा मैं। और कोई सेवा हो तो बताओ सरकार!"

"जेल तो तुझे जाना पड़ेगा।" दरोगा कड़ककर बोला—"एक सेवा फिलहाल यही है तेरे जिम्मे।"

कुछ सख्ती से, कुछ नरमी से, कुछ डंडे से, कुछ धौंस से दरोगा गैंडासिंह राठौर ने घिस्सू को जेल जाने के लिए तैयार कर लिया। घिस्सू जानता था कि अगर वह दरोगाजी के कहने से हँसी-खुशी जेल नहीं गया तो उसके सारे परिवार की खैर नहीं।

अगले दिन ज्ञात हुआ कि घिस्सू तथा पाँच अन्य असामाजिक तत्त्वों को अकेले इसी गाँव से पकड़कर पुलिस ले गई और स्वेच्छा से उन्हें जेल भेज दिया।

यह भी ज्ञात हुआ कि घिस्सू पुत्र फत्तू की अंटी से एक अवैध तमंचा बरामद कर अवैध शस्त्र अधिनियम के तहत जेल भेजा गया है। जाँच करने पर यह भी पता चला कि पुलिस ने इस अभियान के अंतर्गत जितने लोगों को पकड़ा था, उनमें से कुछ कच्ची शराब बनाने और बेचने के आरोप में, कई अवैध चाकू-तमंचे के आरोप में, कई चोरी की योजना बनाने के आरोप

में, कई आला नकब लिये होने के आरोप में और कई लोग संदिग्ध स्थिति में गैंडासिंह राठौर ने आवारागर्दी करते हुए पकड़े थे। पखवाड़े से पहले ही दरोगा गैंडासिंह मिले तो बहुत खुश थे। देखते ही बोले—

"भई, हमने अपने हिस्से का कोटा पूरा कर दिया। पूरे दो सौ आदमी कर दिए सीखचों के अंदर। आपने तो कोई खास सहयोग दिया नहीं, पर यह डंडा और वरदी जो है ना···!"

अभी वह इतनी ही बात कह पाए थे कि हमने उनका वाक्य पूरा कर दिया—"यह शरीफ को बदमाश और बदमाश को महाबदमाश बना देती है। क्यों दरोगाजी, ठीक है ना!"

दरोगाजी ठहाका मारकर हँसे। बोले—"ठीक, बिलकुल ठीक।" फिर बोले—"इस थाने में सबसे बढ़िया एंट्री हमारी हुई है। हमने अपने कोटे से भी अधिक अपराधियों को पकड़कर जेल भेजा।"

"अपराधियों को?" हमने अचंभा प्रकट किया।

बोले—"पर भाई, अगर वह आज अपराधी नहीं हैं तो कल को हो जाएँगे। होना तो है उन्हें आखिर अपराधी ही।"

"लेकिन इस तरह तो, दरोगाजी, यह अपराध-विरोधी पखवाड़ा नहीं हुआ। अपराध-समर्थक पखवाड़ा हो गया।"

"जो भी होगा, हमें ना पता ससुर का। हमने तो अपना कोटा पूरा कर दिया, श्रीमान्‌जी। आगे भाड़ में जाओ तुम भी और तुम्हारे अपराधी भी।"

लंबे स्वर में 'समझे ना!' कहा दरोगा गैंडासिंह ने और अपनी आदत के अनुसार डंडे से हमारी पीठ ठुकठुकाने लगा।

बात आई-गई हो गई।

दो महीने बाद देखते क्या हैं कि दरोगा गैंडासिंह घिस्सू और दूसरे अपराधियों को अदालत में लिये खड़ा है। उसे अभियोग-पत्र पर सबूत पेश करना है।

आवाज लगी। घिस्सू को पुकारा गया। अदालत के सामने हाथ जोड़ते हुए घिस्सू हाँफता-काँपता हाजिर हुआ।

हाकिम ने पूछा—"घिस्सू पुत्र फत्तू तुम्हीं हो?"

बोला घिस्सू—"हाँ सरकार, मैं ही हूँ।"

पूछा—"तुम्हारे पास से अवैध तमंचा बरामद हुआ था?"

"नहीं सरकार!" घिस्सू जवाब में बोला।

"फिर और क्या बरामद हुआ था?" अदालत ने सवाल किया।

"कुछ नहीं, सरकार।" घिस्सू ने सच-सच बात बताई, "मैं तो दरोगाजी का कोटा पूरा करने भेजा गया था जेल, सरकार।"

"क्या मतलब?" सरकारी वकील ने हस्तक्षेप किया।

"मतलब यह है, सरकार।" घिस्सू ने सच-सच बात बताई—"पुलिस अपराध-विरोधी पखवाड़ा चला रही थी, हुजूर। दरोगाजी ने मेरे से कहा कि घिस्सू, जेल चला जा, कोटा पूरा नहीं हो रहा है। नहीं जाएगा तो जबरन ठूँस देंगे जेल में। मैं डर गया, सरकार! जो काम रोकर करना है, सरकार, वह हँसकर कर लो तो क्या बुरा है?"

"पर यह अवैध तमंचा?" सरकारी वकील बोला।

"यह तो कोटा पूरा करने के लिए लाए थे दरोगाजी, हुजूर।"

भरी अदालत में हँसी का फव्वारा बिखरा और घिस्सू पुत्र फत्तू को बाइज्जत बरी कर दिया गया।

अदालत से बाहर निकले तो दरोगा गैंडासिंह राठौर बहुत खिसियाए हुए थे। बोले—"अब आप ही सोचिए, अग्रवालजी! कौन माई का लाल अपराध कम कर सकता है समाज से? जब अदालतें इस प्रकार अपराधियों को फटाफट बिना शर्त छोड़ेंगी, समाज में अपराध तो बढ़ेंगे ही।"

हम चुपचाप गैंडासिंह को देख रहे थे और गैंडासिंह अपनी मोटर साइकल पर लदने के लिए उसे स्टार्ट कर रहा था।

●

चोरी नए मकान की

रमेश गुप्त

डिप्टी सुपरिंटेंडेंट ने अपने मित्र दासगुप्ता द्वारा भेजे गए सिफारिशी पत्र को पढ़ा। फिर एक तीखी निगाह से उस विचित्र व्यक्ति को देखा। चेहरे पर मिश्रित भाव उभरे। फिर पुलिसवालों की आम कड़क भाषा में बोले—

"कहो, क्या परेशानी है?"

"डिप्टी साहब, मैं तो लुट गया। मेरी मदद कीजिए।"

"वह तो ठीक है, पर हुआ क्या?"

"हुजूर, मेरा नया मकान चोरी चला गया।"

डिप्टी सुपरिंटेंडेंट ऑफ पुलिस के चेहरे पर कोई भाव नहीं उभरा। चोरी! एक साधारण-सी वारदात है। यह तो पुलिस के लिए रोजमर्रा का सिरदर्द है। शायद इस व्यक्ति के नए मकान से काफी माल चला गया है। तभी तो वह उनके मित्र दासगुप्ता से सिफारिशी पत्र लेकर उनकी मदद माँगने आया है। 'दासगुप्ता तो अपने पुराने मित्र हैं। साथ बैठकर खाते-पीते हैं…। इस आदमी की मदद करनी चाहिए…।' डिप्टी साहब ने सोचा। बोले, "तुम्हारा नाम क्या है?"

"चरनदास, हुजूर।"

"उम्र?"

"पैंतालीसं वर्ष।"

"पेशा?"

"जनरल मर्चेंटाइज की दुकान है।"

"दासगुप्ता साहब को कैसे जानते हो?"

"अपने ग्राहक हैं, हुजूर। महीने के हिसाब से माल जाता है।"

डिप्टी साहब मुसकराए। तो मास्टर दासगुप्ता इस चरनदास के यहाँ से उधार माल लेते हैं! तभी तो! फिर उन्होंने पूछा, "चोरी की रिपोर्ट लिखाने क्यों नहीं गए?"

"हुजूर, मैं गया था; पर इंचार्ज साहब ने रिपोर्ट लिखने से इनकार कर दिया।"

"क्यों?"

"कहने लगे—तेरा दिमाग फिर गया है। भाग जा।"

डिप्टी साहब के होंठों पर एक क्षीण-सी मुसकान उभरी। उसे दबाकर बोले, "पर उसने ऐसा क्यों कहा?"

"हुजूर, आजकल हर जगह सिफारिश चाहिए, वरना...।" डिप्टी साहब मन-ही-मन चरनदास से सहमत होते हुए बोले, "खैर, तुम्हारा क्या माल चोरी गया?"

"माल?" चरनदास चक्कर में पड़ गया। सोचने लगा, अभी तो साहब को बतलाया था और इतनी जल्दी भूल भी गए।

"कुछ गहने-जेवर गए?"

"नहीं, हुजूर।"

"कपड़े-लत्ते?"

"नहीं, माई-बाप।"

"बरतन-भाँडे?"

"नहीं, हुजूर।"

"तो फिर क्या चोर तुम्हारा सिर उठा ले गए?" डिप्टी साहब का पारा एकदम चढ़ गया।

"हुजूर, मेरा तो नया बना-बनाया मकान ही चोरी हो गया है।"

"मकान? सारा मकान चोरी चला गया?"

"जी, हुजूर। मैंने सरकार से 'लो इनकम हाउसिंग स्कीम' के अंतर्गत दस हजार रुपए का कर्जा लिया था। मेरा तो सारा रुपया डूब गया। अब ये

रुपए कैसे लौटा पाऊँगा?''

''तुम्हारा मतलब है कि नया मकान ही चोरी चला गया? चोर पूरा मकान ही उठा ले गए?''

''हाँ, हुजूर। पूरा मकान ही गायब है। कुछ नहीं बचा।''

''यह कैसे मुमकिन हो सकता है?'' कहकर डिप्टी साहब कुछ सोच में पड़ गए। कहीं यह व्यक्ति सचमुच में पागल तो नहीं? या हो सकता है, इस घटना के पीछे कोई अद्‌भुत रहस्य छिपा हो।

''हुजूर, मैं गंगाजल हाथ में लेकर शपथ खा सकता हूँ।''

''आखिर इतना बड़ा मकान चोर कैसे उठाकर ले जा सकते हैं?''

''हुजूर, उठाने की बात करते हैं! आजकल के चोर तो छोटे-मोटे मकान निगल जाते हैं। फिर बड़ी-बड़ी कोठियाँ उगलते हैं, सरकार।''

डिप्टी साहब की आँखों में चमक तैर गई। सोचने लगे—यह आदमी पागल नहीं हो सकता। जरूर इसमें कोई राज है! बोले, ''बड़ी विचित्र चोरी का मामला है!''

''तभी तो सरकार की शरण में आया हूँ।''

''अगर यह बात गलत निकली तो?''

''इसका सवाल ही नहीं आता, सरकार।''

''अगर यह झूठी रिपोर्ट हुई तो समझ लेना 'अंदर' कर दूँगा।''

''इसकी नौबत ही नहीं आएगी, माई-बाप।''

''अच्छी बात है। हम उस जगह का मुआयना करना चाहते हैं, जहाँ यह वारदात हुई है।''

''अभी चलिए, सरकार।''

''अभी तो हम फ्री नहीं हैं। शाम को साढ़े छः बजे हम मौके पर पहुँच जाएँगे। तुम भी वहाँ पर हाजिर रहना।''

''जो हुकुम सरकार का।''

''तुम जा सकते हो। अपनी जगह का पता तुम हमारे पास छोड़ जाओ।''

चरनदास ने जेब से पेन निकाला। डायरी से एक पृष्ठ फाड़ा। उस पर पता लिखकर डिप्टी साहब को दे दिया। फिर अभिवादन करके वह वापस लौट आया।

...शाम को ठीक साढ़े छः बजे डिप्टी साहब अपनी मोटरसाइकल पर मौके पर पहुँच गए। चरनदास वहाँ पहले से ही मौजूद था।

डिप्टी साहब ने मोटर साइकल एक ओर पार्क कर दी। फिर जेब से पाइप निकालकर सुलगा लिया। उन्होंने चारों तरफ दृष्टि घुमाकर कहा, "अरे, यह तो नई विद्यानगर कॉलोनी है।"

"जी, सरकार। यहीं मुझे प्लाट अलाट हुआ था।"

डिप्टी साहब ने आसपास बनी हुई कोठियों को गौर से देखा। शांति कुटीर। उसके बगल में गुलाबी रंग के पत्थरों से बनी, आधुनिक डिजाइन की मुकर्जी होम्योपैथिक डिस्पेंसरी। अगली कोठी पर किसी रिटायर्ड मेजर की नेमप्लेट। उसके बाद अजंता की गुफा-स्टायल में बनी कोठी। उसके गेट पर लटकी किन्हीं मिस्टर डी.के. दीक्षित की नेमप्लेट।

डिप्टी साहब टहलते हुए उधर ही बढ़ रहे थे। चरनदास भी हाथ जोड़े उनके पीछे-पीछे आ रहा था।

"हाँ तो चरनदास, तुम्हारा मकान कहाँ था?"

"यहीं, दीक्षित साहब की कोठी की दाहिनी तरफ, नीम के पेड़ के पीछे।"

"यह तो खाली प्लाट है।"

"यहीं तो वह मकान बना था, हुजूर!"

डिप्टी साहब तेजी से उधर की तरफ बढ़ गए। चलते-चलते उन्होंने उत्कंठापूर्वक पूछा, "तो यहीं तुम्हारा मकान बना था?"

"जी, सरकार।"

"तो तुम भी उसमें रहते थे?"

"जी नहीं, हुजूर। मैं तो अभी सेवानगर में किराए के मकान में रहता हूँ।"

"फिर तुम्हें इस चोरी का पता कब लगा?"

"सरकार, मेरा मकान सत्ताईस जून को बनकर तैयार हुआ था। अट्ठाईस तारीख को मैं इधर आया तो देखा, मकान गायब है।"

डिप्टी साहब उलझ गए। बोले, "तुम्हारा मतलब है, नया मकान रातोरात गायब हो गया?"

"जी, सरकार।"

"कमाल है! हमने यह तो सुना था कि कृष्ण भगवान् ने वृंदावन में रातोरात एक मंदिर बनाकर खड़ा कर दिया था, लेकिन एक ही रात में नया मकान चोरी चला गया, यह पहली बार ही सुन रहे हैं।"

"सरकार, मैं झूठ नहीं बोल रहा। आप मुआयना कर लें।"

डिप्टी साहब आगे बढ़े। सामने लगभग साढ़े तीन सौ वर्ग फीट का प्लाट खाली पड़ा था। उसके दोनों ओर नई कोठियों का निर्माण-कार्य चल रहा था। डिप्टी साहब की नजर खाली प्लाट पर गड़ी थी। प्लाट के चारों तरफ केवल कँटीले तार की बाड़ थी। प्लाट में सब जगह जंगली घास-पात उगी हुई थी। कहीं ऐसा कोई चिह्न नहीं था, जिससे सिद्ध होता हो कि उस प्लाट पर कभी कोई नींव भी खुदी हो या उस नींव पर दीवारें उठी हों या वहाँ किसी प्रकार का कोई निर्माण-कार्य हुआ हो। अगर कोई नए मकान को सचमुच उठाकर ले भी जाता तो उसका थोड़ा-बहुत मलबा या कूड़ा-कचरा तो दिखाई देता।

पहली बार डिप्टी साहब को लगा, जरूर यह व्यक्ति पागल है। हो सकता है, यह जान-बूझकर शरारत कर रहा हो। यह सोचकर वह झल्लाए और उसे 'अंदर' करने का फैसला कर लिया। फिर उखड़े स्वर में बोले, "चरनदास, इस प्लाट को देखकर तो ऐसा लगता है जैसे यहाँ कभी मकान बना ही नहीं हो।"

"तो सरकार का मतलब है, मैं झूठ बोल रहा हूँ।"

"और क्या सच बोल रहे हो?" डिप्टी साहब झल्ला पड़े।

"सरकार, मेरे पास प्रमाण हैं। मैं उन्हें पेश करने की इजाजत चाहता हूँ।"

"कैसे प्रमाण हैं?"

"मेरे पास कागजी प्रमाण हैं, सरकार! डोकूमेंटरी एवीडेंस!"

"ठीक है! कल मेरे ऑफिस आना! अगर यह केस झूठा हुआ तो देख लेना।...मैं मिस्टर दासगुप्ता का लिहाज नहीं करूँगा। समझे...?"

चरनदास कुछ नहीं बोला। सिर्फ मुसकरा दिया।

डिप्टी साहब अपनी मोटर साइकल की तरफ चल पड़े। पीछे-पीछे चरनदास था। चरनदास ने डिप्टी साहब से कहा, "सरकार, आजकल मकान बनवाना भी तो खेल-तमाशा नहीं। मामूली-सा मकान भी तीस-चालीस

हजार खा जाता है।"

डिप्टी साहब कुछ भी नहीं सुन पाए। सामनेवाली कोठी से एक आधुनिक महिला निकल रही थीं। उन्हें देखकर वह एक क्षण को ठिठके। शक्ल-सूरत कुछ पहचानी-सी लगी। बहुत याद करने की कोशिश की, पर सब बेकार।

तब तक वह महिला भी उनके पास तक आ गई। उन्हें देखकर क्षण-भर को ठिठकी, फिर उत्तेजित स्वर में बोली, "अरे मिस्टर वर्मा, आप यहाँ कहाँ?"

डिप्टी साहब की स्मृति पर वर्षों की जमी धूल को जैसे किसी ने एक तेज फूँक से उड़ा दिया। अरे! यह तो अपनी बी.ए. में साथ पढ़नेवाली लड़की है! कहाँ वह पतली-दुबली लड़की, कहाँ यह भारी-भरकम, स्थूलकाय महिला—वैभव और समृद्धि में लिपटी। अनायास वह बोल पड़े, "अरे, मिस छाया आर्य…।"

"मिसेज दीक्षित कहिए, मि. वर्मा। कमाल है! इतने वर्षों बाद यूँ अचानक मुलाकात हो जाएगी, इसकी मैंने कल्पना तक न की थी।"

"जिंदगी नाटक से ज्यादा नाटकीय होती है, छायाजी।"

"आप तो आई.पी.एस. में आ गए थे न?"

"जी। आजकल यहीं पोस्टेड हूँ। आप अपनी कहिए…।"

"मेरे हसबेंड इंजीनियर हैं। आजकल कमेटी में डेपूटेशन पर आए हुए हैं।"

"तब तो बड़ा अच्छा है।"

"आइए, कुछ चाय-कॉफी हो जाए।"

"इस समय तो शायद आप कहीं बाहर जा रही हैं?"

"हाँ, थोड़ा शॉपिंग करने का इरादा था।"

"फिर इस समय तो क्षमा चाहूँगा। फिर कभी आऊँगा।"

"पर आप इधर आए कैसे?"

मि. वर्मा थोड़े सहज हुए तो उन्हें चरनदास का खयाल आया। वह पलटे। चरनदास को देखकर मुसकराए। बोले, "इन महाशय का मकान चोरी चला गया है।"

"क्या?" मिसेज दीक्षित चौंक पड़ीं।

चरनदास ने कनखियों से डिप्टी साहब की ओर देखा, फिर मिसेज

दीक्षित को लक्ष्य कर एक व्यंग्य और उपहास-भरी मुसकान उछाल दी।

मि. वर्मा ने गंभीर स्वर में कहा, "आपके पड़ोस में चोरी हुई है और आपको पता तक नहीं?"

"पड़ोस में? क्या मतलब?"

"वह सामनेवाले ब्लाक में जो खाली प्लाट पड़ा है, वहीं पर इन महाशय का मकान था। वही चोरी चला गया है।"

"कहीं इन महाशय का...। खैर छोड़िए। हम तो पिछले एक साल से इसे ऐसा ही देख रहे हैं।" मिसेज दीक्षित ने चरनदास को उपहास-भरी दृष्टि से देखते हुए कहा।

डिप्टी साहब ने चरनदास को घूरा। कुछ क्षण चुप रहकर बोले, "पर इन महाशय के पास तो कागजी प्रमाण हैं।"

मिसेज दीक्षित अपना वैनिटी बैग झुलाती हुई बोलीं, "आजकल आजादी है, मिस्टर वर्मा। जिसकी जो मर्जी होती है, कहने लगता है। खैर, छोड़िए इस पचड़े को। यह बताइए, आप डिनर पर कब आ रहे हैं?"

मि. वर्मा ने कुछ उत्तर नहीं दिया। वह चरनदास की ओर मुड़े और बोले, "अब आप तशरीफ ले जा सकते हैं।"

मि. वर्मा की निगाहें मिसेज़ दीक्षित से टकराईं। दोनों मुसकरा पड़े।

चरनदास ने डिप्टी साहब का अभिवादन किया और दोनों को मुसकराता हुआ छोड़कर वह मुख्य सड़क की ओर बढ़ गया। विजय, आशा और उपहास के भाव उसके चेहरे पर उभर रहे थे।

दूसरे दिन ठीक दस बजे चरनदास मि. वर्मा, डिप्टी सुपरिंटेंडेंट ऑफ पुलिस के कमरे में हाजिर था।

मि. वर्मा के होंठों से पाइप लटका हुआ था। उन्होंने अपने दोनों पाँव मेज की खुली ड्राअर पर टिका रखे थे। चरनदास को बैठने का इशारा करते हुए वह बोले, "पेश करो अपने प्रमाण...।"

चरनदास कुरसी पर बैठ गया। उसने अपनी मोटी फाइल खोल ली। एक-एक करके वह कागज निकालकर मि. वर्मा के सामने पेश करने लगा।

"सरकार, यह है उस जमीन का टाइटिल। देखिए, मैं ही मालिक हूँ न?"

"ठीक है।" मि. वर्मा ने नक्शे और दस्तावेज पर नजर डाली और

उसे एक ओर रख दिया।

"हुजूर, यह रही 'लो इनकम ग्रुप हाउसिंग सोसाइटी' की सेंक्शन। इसमें दस हजार रुपए कर्जे की मंजूरी।"

"ठीक है।"

"सरकार, यह रहा मकान का नक्शा जो कमेटी के रजिस्टर्ड आर्कीटेक्ट ने बनाया था।"

"ठीक है।"

"सरकार, यह रही कमेटी की सेंक्शन। इसमें नक्शे की मंजूरी है।"

"ठीक है।"

"यह है ओवरसियर की प्रथम रिपोर्ट। इसमें मकान के प्रारंभिक निर्माण का प्रमाण-पत्र है।"

"अच्छा!"

"यह देखिए, सोसाइटी के सेक्रेटरी का पत्र। इसमें आधे मकान के बन जाने पर कर्जे की शेष राशि, अर्थात् पाँच हजार रुपए रिलीज किए गए हैं।"

"आगे चलो।"

"हुजूर, यह वह सर्टिफिकेट है जो सेनेटरी फिटिंग्स के बारे में हैल्थ ऑफीसर ने दिया है।"

"ठीक है।"

"और सरकार, यह है वह अंतिम प्रमाण। चीफ इंजीनियर द्वारा दिया गया दिनांक २७ जून का मकान का कंपलीशन सर्टिफिकेट और उसको ओक्यूपाई करने की इजाजत। देखिए, इसपर उन्हीं के हस्ताक्षर हैं।"

"ओह! इसपर तो मिस्टर दीक्षित के साइन हैं।"

सारे कागजात देखकर मि. वर्मा चकरा गए। बोले, "चरनदास, ये कागजात जाली भी तो हो सकते हैं।"

"सरकार, इनकी जाँच करवा लें। अगर ये जाली हों तो मुझे फाँसी लगवा दें। अगर मेरा विश्वास न हो तो हाउसिंग सोसाइटी के सेक्रेटरी, कमेटी के ओवरसियर, हेल्थ ऑफीसर, चीफ इंजीनियर को बुलवाकर पूछ लें।"

मि. वर्मा के दिमाग में अचानक बिजली-सी कौंध गई। पल-भर में ही सारा मामला उनकी समझ में आ गया। नए मकान की इस चोरी का

रहस्योद्घाटन हो चुका था। पर वह चरनदास से पूछकर अपने विचारों की पुष्टि करना चाहते थे। बोले, "आखिर तुमने ये कागजात इकट्ठे कैसे किए?"

चरनदास थोड़ा सकुचाया और फिर बोला, "अगर सरकार, आप माफ करें…।"

"हाँ, हाँ…साफ-साफ सारी बातें बतलाओ। यह सब कुछ अविश्वसनीय लगता है।"

"हुजूर, सरकारी दफ्तरों में सब कुछ संभव हो सकता है। हर सरकारी कर्मचारी की एक कीमत होती है और उसे खरीदा जा सकता है।"

"बड़े अफसरों को भी?"

"काम तो नीचेवाले करते हैं, हुजूर। बड़ेवालों का तो सि.र्फ शेयर होता है।"

"क्या यहाँ तक संभव है कि ये लोग बिना 'साइट' पर जाए ऐसे सर्टिफिकेट दे दें?"

"सरकार, साइट पर कौन जाता है? जाते हैं तो सिर्फ शराब-पार्टियों में, वरना तो दफ्तर के कमरों में ही विजिट हो जाती है। फिर जैसा काम, वैसा दाम!"

"कमाल है! पर तुमको यह सब करके क्या मिला?"

"सरकार, मैंने बहुत दूर की सोची थी। सचमुच मैं मकान बनाना चाहता था। एक तो दस हजार रुपए में मकान बनना वैसे भी मुश्किल था, तिसपर जिस दफ्तर में जाता और जिस अफसर से मिलता, वहीं काम के मुताबिक दाम देने पड़ते। मैं परेशान हो गया। फिर मैंने यह तरकीब सोची। दुगुने-तिगुने दाम देकर ये सारे कागजात इकट्ठे कर लिये। अब ये सारे लोग मेरी मुट्ठी में हैं। सरकार की कृपा हो तो एक छोड़ दो-दो कोठियाँ बन सकती हैं…। एक मेरी, एक हुजूर की।"

"क्या कहते हो चरनदास?"

"सरकार, चोर माल तो वापस करेंगे ही। हरजाना भी देंगे। इनके पास पैसों की कमी है कोई?"

मि. वर्मा की आँखों में पल-भर को नीली रोशनी चमकी। एक क्षण को दिल कुछ कच्चा हुआ। उनके सामने श्रीमती दीक्षित के दुबले-पतले

शरीर पर चढ़ती वैभव की परतें और चोरी गए मकानों की नींवों पर बनते नए मकानों की तसवीरें खिंच गईं। वह चरनदास की विलक्षण बुद्धि के कायल हो गए। उनकी आँखों के सामने चरनदास द्वारा दिया गया प्रलोभन झूल रहा था।

पर नहीं···। उन्होंने अपने दिल को पक्का किया और दृढ़ स्वर में बोले, ''चरनदास, तुम और ये लोग दोषी हो। तुम सबको मकान में रहने को जगह मिलेगी।···मेरा मतलब है सरकारी मकान में—तुमको आई.पी.सी. की दफा १६५-ए के अंतर्गत और इन लोगों को दफा १६१ के मातहत।''

चरनदास हतप्रभ रह गया।

मि. वर्मा मुसकराए। फिर उपहास-भरे स्वर में बोले, ''क्यों? क्या सोच रहे हो, चरनदास?''

चरनदास का चेहरा फक्क पड़ गया।

''चरनदास, हर आदमी की कीमत होती है; पर कुछ ऐसे भी होते हैं, जिन्हें खरीदा नहीं जा सकता।''

●

देश की एक समर्पित सेवा

रवींद्रनाथ त्यागी

कुछ वर्ष पूर्व इलाहाबाद हाईकोर्ट के माननीय न्यायाधीश मिस्टर जस्टिस आनंद नारायण मुल्ला ने पुलिस विभाग के बारे में एक नितांत ऐतिहासिक फैसला दिया था जिसके अनुसार पुलिस विभाग 'देश में सबसे ज्यादा व्यवस्थित गुंडों का दल' करार दिया गया था। उन्होंने यह भी कहा था कि 'पुलिस का महकमा एक ऐसा तालाब है जिसमें एक या दो मछली ही बदबूदार नहीं हैं वरन् सारे-का-सारा तालाब ही सड़ाँध से भरा है।' जस्टिस मुल्ला जस्टिस इकबाल की भाँति जज होने के साथ-साथ कवि भी थे। मुझे उनका निर्णय अखबारों में पढ़कर सबसे बड़ी निराशा यह हुई कि इतना महत्त्वपूर्ण फैसला उन्होंने कविता के रूप में क्यों नहीं दिया। 'पोइटिक जस्टिस' के सिद्धांत के अनुसार उनके लिए यह निर्णय काव्य के रूप में ही देना ज्यादा उचित होता। बहरहाल, खुशी की बात यह है कि उनके उपर्युक्त फैसले के बाद देश की पुलिस एकदम ईमानदार, कार्य-तत्पर व सेवा की भावना से प्रेरित हो गई। नीचे कुछ सामग्री पेश करता हूँ जो मेरे मत की पुष्टि करती है :

[अ] तीन जुलाई उन्नीस सौ छियासी के 'इंडियन एक्सप्रेस' [चंडीगढ़ संस्करण] के अनुसार बयालीस वर्ष की एक स्त्री के साथ एक थानेदार व एक हेड कांस्टेबल ने बलात्कार किया। डॉक्टरी जाँच ने उपर्युक्त शिकायत की पुष्टि की। उस भद्र महिला ने [जो कत्ल के जुर्म में फँसी थी] बताया

6.1

कि उसके साथ पुलिसवाले ऐसा गंधर्व विवाह प्रायः रोज ही संपन्न करते रहे।

[ब] तेरह जून उन्नीस सौ छियासी के दिन दिल्ली की पुलिस-पेट्रोल पार्टी ने एक व्यापारी को जबरदस्ती पकड़ा और उसके पास से सत्तर हजार रुपए छीने। वह गरीब सौदागर जब पुलिस स्टेशन रिपोर्ट दर्ज कराने गया तो उसे बहुत तंग किया गया और बड़ी परेशानी के बाद कहीं वह रिपोर्ट दर्ज करा पाया।

[स] एक सेशन जज की पत्नी ने एक पार्टी में पुलिस कप्तान की पत्नी को धर दबोचा, क्योंकि कप्तान साहब की धर्मपत्नी ने हीरों का वह हार पहन रखा था जो कि कुछ दिनों पूर्व जज साहब के यहाँ संपन्न की गई चोरी में गायब हुआ था। जाहिर है कि कप्तान साहब चोरी के कुटीर उद्योग को खुद ही प्रोत्साहन देते थे।

[द] एक मुठभेड़ में कुछ ऐसे डकैत पकड़े गए जो कि सरकारी रिकार्ड के अनुसार जेल में बंद थे। विश्वस्त सूत्रों से पता लगा कि उस जेल के जेलर डाकुओं को अकसर बाहर जाने दिया करते थे और डकैती में प्राप्त संपत्ति को पुलिस व जेलर साहब आपस में बाँटा करते थे।

[क] दिल्ली में एक पुलिस अधिकारी किसी जाँच के संदर्भ में एक सज्जन के घर गए और वहाँ उन्होंने शराब पीकर गृहलक्ष्मी से छेड़खानी करने की कोशिश की। भीड़ इकट्ठी हो गई, उस पुलिस अफसर को नंगा किया गया और उसी स्थिति में उन्हें थाने तक पहुँचाया गया।

[ख] कत्ल के एक मुकदमे में किसी तरह यह साबित हो गया कि कत्ल जो किया था, वह अभियुक्त ने नहीं, वरन् थाने के उस दरोगा ने किया था, जिसने हत्या के जुर्म में अभियुक्त का चालान किया था।

[ग] एक रिपोर्ट के अनुसार काफी राज्य ऐसे हैं जहाँ थानों की कीमत निश्चित है। उन थानों पर नियुक्ति पाने के लिए दरोगाजी को काफी रुपया पुलिस के बड़े अफसरों को देना पड़ता था। एक थाने की कीमत तो एक लाख रुपया थी।

[घ] एक महानगर में 'लाल बत्ती क्षेत्र' पर धावा बोला गया और काफी लोग हिरासत में लिये गए। गिरफ्तार किए गए लोगों में एक-तिहाई लोग पुलिस कर्मचारी निकले।

[च] एक राज्य में पुलिस ने काफी अपराधियों को अंधा किया और सैकड़ों व्यक्ति ऐसे पाए गए जो बिना किसी मजिस्ट्रेट के सामने पेश करने के बावजूद वर्षों से हवालात में पड़े थे।

[छ] एक पुलिस थाने में एक अभियुक्त को जबरदस्ती पेशाब पिलाया गया। इस विशिष्ट अतिथि-सत्कार का प्रमुख कारण यह था कि अभियुक्त जो था वह हरिजन था। [वैसे इस केस से मुझे विशेष असंतोष नहीं है। यदि हमारे भूतपूर्व और अभूतपूर्व प्रधानमंत्री मोरारजी देसाई मूत्र का नियमित सेवन करते थे तो इसी केस में क्या बुरा मानना! बस इतना ही तो अंतर है कि वे अपना शुद्ध मूत्र पीते थे, जबकि इस केस में मूत्र जो था वह दरोगाजी का था। इतनी-सी बात में अपना-पराया करना ठीक नहीं लगता।]

[ज] एक राज्य की 'लाल पुलिस' [यदि 'लाल सेना' हो सकती है तो 'लाल पुलिस' क्यों नहीं हो सकती] ने जज की मोटर का तीन माह की अवधि में इक्कीस बार चालान किया। कभी गाड़ी ने लाल बत्ती पार की थी तो कभी वह गलत जगह पार्क की गई थी। जज साहब का कसूर यह था कि उन्होंने पुलिस की मर्जी के खिलाफ एक ऐसे अभियुक्त को जमानत पर रिहा कर दिया था जो कि काफी कठिनाई से पकड़ा गया था।

[२]

उदाहरणों की सूची समाप्त करता हूँ। हरि अनंत, हरिकथा अनंता। हाँ, अलबत्ता मूत्र के बारे में [जिसकी चर्चा ऊपर की जा चुकी है] कुछ जानकारी और देना चाहूँगा। पुराने जमाने में मूत्र का प्रयोग कपड़े धोने के लिए किया जाता था। पेशाब में अमोनिया काफी मात्रा में पाई जाती है और उसका प्रयोग चीजों को साफ करने के लिए अभी भी किया जाता है। इसके अतिरिक्त यह भी सच है कि पुराने जमाने में स्पेन के लोग अपने दाँत पेशाब से ही साफ किया करते थे।

मुझे यह देखकर लज्जा आती है कि पुलिस फोर्स में अभी भी ऐसे व्यक्ति हैं जो अपनी ईमानदारी और हिम्मत की वजह से पुलिस की ऊपर बताई गई परंपरा के साथ विश्वासघात करते हैं। न जाने कितने सिपाही हैं जो डाकुओं को पकड़ने की प्रक्रिया में अपने प्राण गँवाते हैं। कम वेतन और बेहद कम सुविधाओं के बावजूद हजारों पुलिस कर्मचारी ऐसे हैं कि अपनी जान पर खेलकर अपराधियों को पकड़ते हैं और उन्हें अदालत से

सजा दिलवाते हैं। अभी-अभी महाराष्ट्र के एक पुलिस इंस्पेक्टर ने अपनी जान पर खेलकर चार्ल्स शोभराज को पकड़ा और अपने इस कुकृत्य से तिहाड़ जेल के अधिकारियों के सारे किए-धरे पर पानी फेर दिया। इस वीर इंस्पेक्टर को महाराष्ट्र की सरकार ने पंद्रह हजार रुपए की महान् राशि बतौर इनाम के दी; जबकि इतना रुपया तो एक मंत्री के ऐसे दौरे पर खर्च होता है जिसकी उपयोगिता मंत्रीजी को स्वयं नहीं मालूम होती। ज्यादा दुःख की बात तो यह है कि ऐसे विभीषण छाप ईमानदार पुलिस कर्मचारियों और अधिकारियों की संख्या अभी भी काफी है। इधर तो लड़कियाँ भी भारतीय पुलिस सेवा में आने लगी हैं, जिनमें से कुछ तो इतनी सुंदर हैं कि उनके हाथों से सजा पाकर कम-से-कम मैं तो अपने को भाग्यशाली ही समझूँगा।

पुलिस के बारे में जो लोग ज्यादा जानकारी चाहते हों, उन्हें मैं सलाह दूँगा कि वे डॉ. कैलाशनाथ काटजू द्वारा लिखित 'कुछ संस्मरणीय मुकदमे', जस्टिस खोसला की लिखी 'महात्मा गांधी की हत्या तथा बाकी मुकदमे', उत्तर प्रदेश के रिटायर्ड इंस्पेक्टर जनरल लाहिड़ी की लिखी 'एक पुलिसमैन की डायरी', निशीथकुमार राय की लिखी 'डिपुटी की डायरी' [दो भाग] व अजितप्रसाद जैन द्वारा प्रस्तुत 'पुलिस कमीशन की रिपोर्ट' जरूर पढ़ें। हाँ, अलबत्ता इस बात का पता इन किताबों से भी आपको नहीं लगेगा कि आजादी के बाद पुलिसवालों की परेशानियाँ कितनी बढ़ गई हैं। स्थानीय नेता लोग डाकुओं को खुला प्रश्रय देते हैं, शाम को थानेदार के साथ दारू पीते हैं और गृहमंत्री पर दबाव डालकर पुलिस कप्तान का तबादला करवाते हैं। एक मुख्यमंत्री ने तो एक पुलिस कप्तान को हत्या के अभियोग में बुरी तरह फँसाया था; मगर सत्य की जीत हुई और वे मुख्यमंत्री भी उस पुलिस कप्तान को अदालत से सजा नहीं दिला सके। अदालत जो है वह भी काफी निर्भीक और ईमानदार है। उसपर मोरारजी देसाई का मूत्र भी कोई प्रभाव नहीं डाल सकता। यदि वह पेय अदालत में पेश किया गया तो अदालत वहाँ भी वही 'हंस की नीर-क्षीर विवेक' वाली पद्धति पकड़ेगी और बताएगी कि इसमें कितना मूत्र है और कितना पानी।

रचना समाप्त करते-करते मन उदास हो गया। अभी-अभी पढ़ा कि प्रख्यात पुलिस सब-इंस्पेक्टर राजकुमार [जिन्हें 'आउट ऑफ टर्न' तरक्की

दी गई थी, जिन्हें पचास से ज्यादा प्रशंसा-पत्र मिले थे और जिन्हें सन् उन्नीस सौ पचासी का सर्वश्रेष्ठ पुलिस कर्मचारी घोषित किया गया था] एक 'तथाकथित' सड़क दुर्घटना में मार दिए गए। अब उनकी पत्नी पेंशन और फंड इत्यादि पाने के संदर्भ में सालों तक सरकारी दफ्तरों का चक्कर काटेगी। यूँ तो सरकार के सभी दफ्तर कार्य-तत्पर हैं, पर राज्यों के जो एकाउंटेंट जनरलों के दफ्तर हैं, उनकी बराबरी कोई दफ्तर नहीं कर सकता। स्थिति यह है कि हाईकोर्ट के एक जज की पेंशन सैंक्शन करवाने के लिए मुझे स्वयं एकाउंटेंट जनरल से [जो मेरी ही सर्विस के सदस्य थे] मिलना पड़ा था। एकाउंटेंट जनरल का दफ्तर वह पवित्र स्थान है जहाँ कि पुलिसवालों को भी रिश्वत देनी पड़ती है। ऐसी स्थिति में ऊपर चर्चित वीर पुलिस अधिकारी की पत्नी को पेंशन वगैरह पाने में कम-से-कम सात साल जरूर लगेंगे। और उस ठेलेवाले का क्या होगा जिसने दुर्घटना की? उसे बहुत-से-बहुत सात साल की कैद···मिलेगी।

●

जेबकट और पुलिस

राकेश शरद

भारतवर्ष विश्व का सबसे बड़ा ऐसा लोकतंत्र है जहाँ अपराधी व सामान्यजन समान रूप से स्वतंत्र हैं। या यूँ कहें कि यहाँ अपराधी अधिक स्वतंत्र हैं और उन्हें अपनी योग्यता एवं प्रतिभा को मुखर करने के अधिक अवसर हैं तो अतिशयोक्ति न होगी।

हुआ ऐसा कि कुछ दिन पूर्व मुझे देश की राजधानी दिल्ली जाने का सौभाग्य प्राप्त हुआ। बस अड्डे से डिफेंस कॉलोनी की बस में चढ़ा। डिफेंस कॉलोनी के पास एक व्यक्ति ने मुझे झकझोरा—"भाई साहब, इस व्यक्ति ने आपकी जेब साफ कर दी।" उस व्यक्ति ने जेबकट को पकड़ लिया और इसी बीच जेबकट ने वे पैसे बस के फर्श पर गिरा दिए। मैंने झट वे पैसे उठाए और गिने। पैसे पूरे थे यानी कि हजार रुपए।

तभी बस रुकी। यात्रियों ने जेबकटजी को, जो कि हट्टा-कट्टा नौजवान था, पकड़कर नीचे उतारा। एक यात्री ने कहा कि इसे मारो। हम ठहरे गांधीवादी। हमने कहा—"जो कुछ करना है तुम्हीं कर डालो। हम उसका विरोध नहीं करेंगे।" एक यात्री बोला—"आप भी अजीब आदमी हैं! इसने आपकी जेब काटी और आप हैं जो कुछ कहते ही नहीं।"

हमने कहा—"हम इसे थाने ले जाएँगे। तब पता चलेगा बच्चू को कि कैसे जेब काटी जाती है।" यह सुनकर एक यात्री बोला—"आप इसे थाने ले जा रहे हैं। वहाँ कुछ नहीं होगा। जो कुछ मारपीट करनी है यहीं कर लो।"

दरअसल, हम अपनी कटी जेब के मिल जाने की खुशी में थे। तभी एक पुलिसजी मोटर पर आते दिखाई दिए। उन्होंने आते ही मामले की तहकीकात की। हम दोनों को मोटरसाइकल पर बिठाकर थाने ले आए। जी हाँ, डिफेंस कॉलोनी थाने में।

थानेदार साहब अपनी पारंपरिक मुद्रा में विराजमान थे। उन्होंने अपनी अनुभवी निगाहों से जेबकट को नहीं, अपितु हमें नीचे से ऊपर की ओर निहारा और कड़कदार आवाज में हमसे बोले—"तो आपने जेब काटी है।" गोया हम उन्हें 'जेबकट' नजर आ रहे थे।

हमने पहले अपनी अंटी के पैसों को टटोला और जब देखा कि वे अपने ही स्थान पर हैं तब अपने मस्ती के अंदाज में बोले—"हुजूर, आपकी दृष्टि तो मैटल डिटेक्टर से भी ज्यादा तेज है। और बुरा न मानें तो कहूँ कि जेब मैंने नहीं, इन महोदय ने साफ की थी।"

इतना सुनते ही उन्होंने जेबकट को आराम से एक ओर कुरसी पर बिठा दिया और हमसे सघन पूछताछ आरंभ कर दी। हमने उन्हें बीच में ही टोका, "श्रीमान् कोतवाल साहब, यदि आपको कोई आपत्ति न हो तो क्या मैं बैठ सकता हूँ।" वे बोले—"ठीक है, बैठ जाइए।" अब प्रश्नावली चालू हुई—

"आपका नाम?"

"जी, डॉ. राकेश शरद।"

"तो क्या अब डॉक्टर भी जेब काटने लगे हैं?"

मैं चुप रहा।

"क्या करते हो?"

"जी, मैं कवि हूँ।" (इतना सुनते ही वे कुछ चौंके)

"तो आप कवि हैं?"

"जी हाँ।"

"कहाँ रहते हैं?"

"जी, हाथरस।"

"तो करते क्या हैं?"

"जी, मैंने बताया कि मैं कवि हूँ।"

"तो क्या कवितागिरी भी फुल टाइम जॉब है?"

इस तरह उन्होंने प्रश्नों की झड़ी लगा दी। कहाँ से आ रहे थे? कहाँ जा

रहे थे ? दिल्ली किस काम से आए थे ? यहाँ कौन जानता है ? किस बस में यात्रा कर रहे थे ? उसका नंबर क्या था ? ड्राइवर कौन था ? (गोया कि मैंने ही बस-यात्रा प्रायोजित की हो) क्या आपने जेबकट को मारा ? आप कैसे कह सकते हैं कि इसी ने आपकी जेब काटी ? मौका-ए-वारदात पर कौन-कौन था ? आपको कैसे पता चला कि डिफेंस कॉलोनी का थाना यहाँ पर है ? आपको थाने का पता किस व्यक्ति ने दिया ?

थोनदारजी मुझसे प्रश्न कर रहे थे और उधर जेबकटजी मुसकरा रहे थे। ऐसा लग रहा था जैसे जेब मैंने ही काटी हो। गोया डिफेंस कॉलोनी के थाने में आफेंस का डिफेंस किया जा रहा था।

एक बार तो हम इस प्रश्नावली को सुन मूर्च्छित हो गए। लेकिन उन्होंने पानी के छींटे मार-मारकर हमें पुनरुज्जीवित कर दिया।

फिर धीरे से बोले—"अब क्या इरादा है, रिपोर्ट लिखानी है क्या ?"

हमने पूछा—"इसमें क्या करना पड़ेगा ?"

वे बोले—"कुछ खास नहीं। बस जो रुपए मिले हैं वे थाने में जमा कराने पड़ेंगे। दो गवाही देनेवालों के नाम लिखाने पड़ेंगे। फिर यहाँ कोर्ट में तारीख पड़ेंगी। तुम्हें हाथरस से हर तारीख पर आना पड़ेगा। जिसे आप जेबकट बता रहे हैं, यदि वह जेबकट सिद्ध हो गया तो आपके रुपए आपको वापस हो जाएँगे।"

मैं पूर्णरूपेण समझ चुका था कि जिस तरह ये थानेदारजी मुझसे पूछ रहे हैं उससे तो मैं ही जेबकट सिद्ध होता हूँ।

जेबकट कुरसी पर बैठा मूँछों पर ताव दे रहा था। मैं पुलिसजी के सामने मिमिया रहा था।

फिर कोतवालजी मुझे समझाते हुए दार्शनिक मुद्रा में बोले—हमारे देश में आर्थिक अपराधियों के खिलाफ कोई कानून नहीं है। हमारे वित्तमंत्री आर्थिक अपराधियों को छूट दे रहे हैं। इस बजट में उन्हें छोड़ने की पूरी व्यवस्था की गई है। अपना काला धन आवास विकास योजना में जमा करो, चालीस प्रतिशत सरकार का, साठ प्रतिशत तुम्हारा। हो गए चोर से साहूकार।

फिर इस बेचारे जेबकट को क्यों दंड दिया जाए ? ये सब रोटियों के लिए अपराध कर रहे हैं।

मैंने अपनी अंटी के पैसों को फिर टटोला और चुपचाप थाने के बाहर आ गया। ●

स्कूटर चाहिए या जाँच?

रामनारायण उपाध्याय

उस दिन कॉलोनी में रहनेवाले एक कर्मचारी का स्कूटर चोरी चला गया। वे ऑफिस से आकर अंदर गए। वाश लेकर चाय पी और बाहर आकर देखा तो स्कूटर गायब।

पास-पड़ोस में पूछताछ की। साथी-मित्रों से मिले। लेकिन कहीं पता न चला।

एक ने कहा—"पुलिस में रिपोर्ट कर देनी चाहिए।" दूसरे ने कहा—"एक तो गया, क्या अब दूसरे की कीमत इतने पैसे भी खोना है!" किसी ने कहा, अखबार में विज्ञापन दे देना चाहिए कि अमुक कॉलोनी के अमुक क्वार्टर से अमुक नंबर का स्कूटर चोरी चला गया है, अगर किसी को कहीं खड़ा या पड़ा दिखे तो सूचना देनेवाले को पाँच सौ रुपए का नकद इनाम दिया जाएगा।

दूसरा बोला—"क्या चोर बिना पढ़ा-लिखा है? वह विज्ञापन देखेगा तो स्कूटर का कलर व नेमप्लेट दोनों बदल देगा।"

श्रीमतीजी बोलीं—"मैंने पहले ही कहा था कि स्कूटर मत लो। सबसे अच्छी साइकल। कहीं भी पटक दो, कोई हाथ न लगाए। न पेट्रोल का खर्च, न लिफ्ट देने की किल्लत। इसमें तो जब देखो कोई-न-कोई भाईजी, बहनजी पीछे बैठकर चले आ रहे हैं। मैं तो चाय पिला-पिलाकर हार गई।"

श्रीमतीजी के तानों से परेशान होकर वे सीधे थाने पहुँचे। दरवाजे पर

एक जवान खड़ा था। बोला, "आ गए जेब कटाकर! थाने में क्या कैश काउंटर खुला है कि उधर जेब कटाई और इधर कैश हाजिर।"

वे बोले—"मेरी जेब नहीं, किस्मत कट गई है। साहब से मिलना है।"

साहब ने सुना तो बोले—"कहिए जनाब, कैसे आना हुआ? आपने तो देखा ही होगा थाने के दोनों फाटकों पर सेवा और सुरक्षा शब्द लिखा है। एक फाटक खोलो तो सेवा सामने और सुरक्षा अंदर, दूसरा खोलो तो सुरक्षा सामने और सेवा अंदर। आपको क्या चाहिए?"

वे बोले—"सर, मैं गवर्नमेंट सर्वेंट हूँ। शाम ऑफिस से घर आ गया और मुँह-हाथ धोने अंदर गया, तब तक बाहर देखा तो स्कूटर गायब था।"

साहब ने रोब से पूछा—"किसपर शक है? नाम तो बताना होगा, बिना नाम बताए जाँच कैसे होगी?"

वह बोले—"सर, मैं तो किसी को पहेचानता नहीं। घर से सीधे ऑफिस जाता हूँ और ऑफिस से सीधे घर आता हूँ। किसका नाम बताऊँ?"

साहब ने पूछा—"अच्छा, तो तुम स्कूटर चाहते हो या जाँच? अगर जाँच चाहते हो तो आज हम रिपोर्ट दर्ज करेंगे। कल मौके की तफतीश करेंगे, परसों बयान लिया जाएगा। फिर गवाह माँगे जाएँगे। उसके बाद थाने में पेशी पड़ेगी और अपराध सिद्ध हो जाने पर कोर्ट में केस दायर होगा। इसमें देर लग सकती है, लेकिन जाँच सख्ती से और बाकायदा होगी। इसे हमारे यहाँ गांधीवादी न्याय कहते हैं।

"अगर तुम स्कूटर वापस चाहते हो तो फिर रिपोर्ट दर्ज मत कराओ। कल रात में किसी भी समय तुम्हारा स्कूटर तुम्हारे घर के सामने खड़ा मिलेगा। लानेवाले को पहचानने की कोशिश मत करना, अन्यथा परिणाम के लिए तुम जिम्मेदार होओगे।"

पूछा—"सर, ऐसा कैसे हो सकता है कि स्कूटर अपने आप घर वापस आ जाए?"

साहब ने कहा—"तुम तो कुछ समझते नहीं। इस शहर में कुछ शरारती असामाजिक तत्त्व हैं। वे एक मोहल्ले से स्कूटर चुराते हैं और दूसरे मोहल्ले में जुर्म करके वहाँ स्कूटर छोड़कर भाग जाते हैं।

"अब यदि कोई थाने में रिपोर्ट दर्ज कराएगा तो हमें जाँच के लिए

जाना ही पड़ेगा और वहाँ पर जिस क्वार्टर में जुर्म हुआ उसके सामने जब रँगे हाथ स्कूटर खड़ा मिलेगा तो स्कूटर को जब्त करके स्कूटरवाले की खोज करना स्वाभाविक है। और जैसे ही स्कूटर का मालिक पकड़ में आया, उसे बंद करके हमारी जाँच शुरू हो जाती है।

"अगर तुम रिपोर्ट नहीं करते तो चोरी करनेवाला आपकी शराफत की दाद देते हुए, जिसका स्कूटर है उसे उसके घर छोड़ जाता है। इससे तीन फायदे होते हैं—स्कूटरवाले को स्कूटर मिल जाता है, चोर को चोरी का माल मिल जाता है और हमको हमारी मेहनत का उचित मुआवजा। इसे हमारे यहाँ समाजवादी व्यवस्था कहते हैं।

"अब तुम क्या चाहते हो, स्कूटर या जाँच? सोचकर बताओ।"

●

कस्बे के विकास में थाने का योगदान

रामेश्वर वैष्णव

भारतीय समाज में कस्बे की मान्यता उस क्षेत्र विशेष को दी गई है जहाँ देहात और शहर दोनों की बुराइयाँ एक साथ प्रचुर मात्रा में उपलब्ध हों। अंधविश्वास तक को गौरवशाली परंपरा के रूप में जीवित रखने की मानसिकता तथा अत्याधुनिक जीवनशैली को फैशन के स्तर पर अपनाने की व्यग्रता कस्बाई संस्कृति की मुख्य पहचान है। 'पायलागी पंडितजी' से लेकर 'गुड मार्निंग, गो' तक जहाँ सहज रूप में प्रचलित हो, उसे कस्बा तो कहना ही पड़ेगा। अलबत्ता देहात और कस्बे में स्पष्ट अंतर करनेवाला तत्त्व कोई है तो वह है—थाना। किसी भी देहात के साथ थाना जोड़ दीजिए, वह कस्बा हो जाएगा। कस्बे के साथ सिनेमाहॉल, बस स्टैंड या रेलवे स्टेशन, दो-चार सरकारी दफ्तर और बदबूदार नालियाँ जोड़ दें तो उसे शहर की प्रतिष्ठा प्राप्त हो जाएगी। आगे शहर के साथ अवैध कॉलोनियाँ, छात्र आंदोलन, दूषित राजनीति और भयंकर भीड़भाड़ जोड़ दें तो उसे महानगर होने से कौन रोक सकता है!

शहरी विकास में राजनीतिज्ञों का प्रमुख योगदान होता है, गाँवों के विकास के लिए कोई जिम्मेदार नहीं होता, क्योंकि वहाँ विकास होता ही नहीं। हाँ, कस्बे के विकास में देखा जाए तो कुल मिलाकर थाने का योगदान सबसे भारी पड़ता है। थाना खुलते ही क्षेत्र के लोगों का मानसिक स्तर बुरी तरह बढ़ने लगता है। इसके पूर्व वे कानून, रिश्वत, थर्ड डिग्री, जमानत,

दफा, रफा-दफा, धमकी, गोमास्ता एक्ट, छापा, गिरफ्तार, रिहा आदि शब्दों से परिचित नहीं होते। थाना अस्तित्व में आते ही वह अपने ढंग से साक्षरता अभियान शुरू कर देता है। तब लोगों को यह भी ज्ञान होता है कि इन शब्दों के बगैर वे किस कदर पिछड़े थे। आधुनिक जीवन इन शब्दों के बगैर संभव ही नहीं। कस्बाई पत्रकार थाने से प्राप्त सूचनाओं के अलावा किसी घटना को समाचार मानते ही नहीं। समाचार-पत्रों में कस्बे की गतिविधियाँ स्थान पाने लगती हैं तो उन्हें भी पिछड़े होने के अहसास से मुक्ति मिलती है। यह थाना ही है जो बताता है कि क्षेत्र-विशेष में कितने प्रतिभाशाली व पुरुषार्थी चोर व नकबजन निवास करते हैं। वे तमाम छोटे-मोटे गिरहकट व पॉकेटमार, जो कल तक गुमनामी के अंधकार में भटक रहे थे, थाने की मेहरबानी से शातिर चोर व निगरानीशुदा बदमाश की उपाधि से विभूषित हो पाते हैं। कुछ फालतू टाइप के लोगों को रोजगार भी थाने से मुहैया होता है। वे सरकारी गवाही, मुखबिरी, चश्मदीद गवाही व दलाली के धंधों से जुड़ जाते हैं और अपना पेट पालते हैं। जेलयात्रा के अवसर जिस रफ्तार से बढ़ते हैं उसी रफ्तार से कस्बे में नेता पैदा होते हैं। पुराने अपराधी पुलिस से डरकर राजनीति में चले जाते हैं।

निरपराध लोग अकसर गिरफ्तार होते हैं तो कस्बे में जागृति की लहर भी फैलती है। सदियों की गुलामी जो बात पैदा नहीं कर सकती, उसे कुछ दिनों का पुलिस-आतंक पैदा कर देता है। थाना नहीं होता तो कस्बे के लोग बलात्कार जैसे साहित्यिक शब्द से वाकिफ ही नहीं हो पाते। वे न केवल शब्द का मर्म समझते हैं, अपितु उत्साही थानेदार से प्रेरणा व प्रशिक्षण भी प्राप्त करते हैं। कस्बे में थानेदार का रुतबा किसी मुगल बादशाह से कम नहीं होता। जिसे चाहे उजाड़ दे और जिसे चाहे रातोरात लखपति बनने का लाइसेंस दे दे। थानेदार की पोस्टिंग होते ही कस्बे के लोग डाकुओं से डरना भूल जाते हैं। चूँकि वैध या अवैध धंधा क्या होता है, इसका निर्धारण थाना ही करता है, इसलिए अकसर थाने की जानकारी के बगैर कोई अवैध धंधा नहीं पनप सकता। मजाल है कि बगैर हफ्ता पटाए कोई कस्बे में गलत धंधा कर ले।

थाने में स्वागत की अपनी परंपरा होती है, जिसे लात, घूँसों, डंडों व ठोस गालियों से संपन्न किया जाता है। दरोगा को किसी भी नागरिक को

गुंडा-बदमाश समझने की स्वतंत्रता मिली होती है। वह आगंतुकों का स्वागत थाने की परंपरानुसार ही करता है। एक बार जो थाने पहुँच जाता है, वह शातिर अपराधी या नेता बनकर ही वहाँ से बाहर निकलता है। इन दो वर्गों के अलावा कोई अन्य दरोगा से परिचय प्राप्त करने का साहस नहीं कर सकता। दरोगा दिव्य दृष्टि का मालिक होता है। उसको तस्करी को मसखरी, वाद-विवाद को दंगा-फसाद और हत्या को आत्महत्या प्रमाणित करने में मास्टरी होती है। बेतरतीब पसरे कस्बे के बेहिसाब लोगों की बेइंतहा समस्याओं से जूझने की जिम्मेदारी उसी की होती है। व्यवस्था सोचती है, एक लाख लोगों के बीच शांति कायम रखने में थाने के दस जवान पर्याप्त हैं। इस काम के लिए बाकायदा उन्हें बंदूक मिली होती है, जिसका इस्तेमाल वे अकसर करते हैं। शांति कायम हो न हो, पर लोग शांत रहें, यही उनका प्रयास होता है। भला हो कानूनी दफाओं का, जिनके आतंक के मारे लोग कुल मिलाकर शांत रहते हैं; जिससे इलाके की शांतिप्रियता की भी लगे-हाथों धाक जमी रहती है। जहाँ कानून-व्यवस्था बिगड़ने लगती है, वहाँ यह मान लिया जाता है कि क्षेत्र काफी विकसित हो गया है। कस्बे के विकास में थाने के योगदान का इससे बड़ा क्या प्रमाण हो सकता है?

एक अदद थाना न हो तो कस्बे के लोगों को अपनी स्वतंत्रता का मूल्य मालूम ही न हो। वे बराबर मूल्य पटाते हैं और स्वतंत्रता बरकरार रखते हैं। मिलावटखोरों, जमाखोरों व मुनाफाखोरों को इस स्वतंत्रता की अधिक आवश्यकता पड़ती है, लिहाजा वे 'महीना' बाँधकर अपनी आर्थिक प्रगति सुरक्षित कर लेते हैं। रिश्वतखोरों को भी अधिकृत संरक्षण-शुल्क पटाने के लिए रेट-वृद्धि की प्रेरणा थाने से ही मिलती है। जो लोग मुफ्त में मिली स्वतंत्रता का फायदा उठाना जानते हैं, उन्हें स्वयं स्वतंत्र रहने के लिए थाने का संरक्षण-सशुल्क प्राप्त होता है।

हर थाने के अग्रभाग में लिखे शब्द देशभक्ति, सेवा, अनुशासन यह बताते हैं कि इनका किस कदर देश में अकाल है। इतनी बड़ी शिक्षा तो विद्यालयों में नहीं मिलती। मैं तो यही कहूँगा कि कस्बाई विकास का हर रास्ता थाने से होकर गुजरता है।

●

एक पुलिस थाना—सतयुग में

लतीफ घोंघी

टी.आई. थाने में मुसल्ला बिछाकर असर की नमाज अदा कर रहे थे। उन्होंने सलाम फेरकर दुआ माँगी और आरक्षक वनस्पति सिंग को बुलाकर कहा—"कोई आया रिपोर्ट लिखवाने?"

आरक्षक वनस्पति सिंग ने मलमल का कुरता और धोती पहन रखी थी। माथे पर लंबा तिलक लगा था। पैरों में खड़ाऊँ थीं। दोनों खड़ाऊँ आपस में टकराकर आरक्षक ने सेल्यूट मारा और उदास मन से कहा—"आज भी कोई नहीं आया, हुजूर…सभी भजन-पूजन में लगे हैं। चोरी-डकैती हो ही नहीं रही है। कल जिस सिपाही को गश्त पर भेजा था वह सीधा तीर्थ करने चला गया। तीन दिन से रोजनामचा खाली पड़ा है, हुजूर।"

टी.आई.खान ने 'जैसी अल्लाह की मरजी' वाली स्टाइल में एस.पी. साहब के दौरेवाली फाइल निकाल ली और अध्ययन करने बैठ गए। जब से सरकार ने सतयुग की घोषणा की, खान साहब सहित पूरा थाना धार्मिक प्रवृत्ति का हो गया था। खुद खान साहब का यह हाल था कि पाँचों वक्त की नमाज वे थाने में ही पढ़ते थे। मसजिद पास थी। जैसे ही अजान की आवाज आती, वे थाने की परछी पर बाहर बैठकर वजू बनाते और थाने में उपस्थित लोगों से कहते—थोड़ी देर आप तशरीफ रखें। मैं चार रकआत फर्ज पूरी करके आपकी एक एफ.आई.आर. दर्ज करता हूँ।

उधर वनस्पति सिंग ने अपनी टेबल के पास ही अपने इष्ट की तसवीर

लगा रखी थी। कोई आदमी थाने में आता तो पहले वे अपने इष्टदेव का स्मरण करते और दोनों हाथ जोड़कर कहते—"कहिए श्रीमान्...क्या सेवा करूँ?"

□

वैसे तो बहुत कम लोग ही इन दिनों थाने में रिपोर्ट लिखवाने आते थे। सरकार भी सतयुग के सही क्रियान्वयन के लिए लोगों का मनोबल बढ़ा रही थी। 'सत्य वचन बोलो और सत्कर्म करो', 'चोरी और बलात्कार से बचो', 'भगवान् के घर देर है, अंधेर नहीं' आदि सूक्तियाँ हर सरकारी कार्यालय में लिखवाना प्रशासन ने अनिवार्य कर दिया था। शांति-व्यवस्था अपनी चरम सीमा पर थी। लोगों की अपराध करने की इच्छा ही नहीं होती थी। यहाँ तक कि कोई महिला बलात्कार का आमंत्रण देती तो सामनेवाला पुरुष कहता—माताजी, हम सतयुग में जी रहे हैं। परस्त्रीगमन हमारे लिए वर्जित है।

बस में बैठे यात्री बीहड़ जंगलों में बस रोककर निर्विघ्न रूप से आराधना करते। उन्हें डाकुओं का भय नहीं था। डाकू आते, यात्रियों की ओर देखते और चुपचाप चले जाते। यात्री निवेदन करते, दादा, हमें लूट लो। हमने बहुत पाप किए हैं। ये सारी कमाई पाप की है। आप विश्वास करो। हमारे पास बहुत पैसा है। हम लड़के की बारात लेकर आ रहे हैं। लड़कीवाले ने बहुत दहेज दिया है। देखो, ये जेवर की पेटी...पूरे एक लाख का माल है।

लेकिन सतयुग का प्रभाव था कि डाकू कुछ नहीं करते। लूटना तो दूर रहा, उलटे कहते—लो यह सोने की चूड़ियाँ बहू के लिए। हमारा आशीर्वाद देकर बहू से कहना कि आत्महत्या न करे। ससुरालवाले फिर भी तंग करें तो बहू से कहना, हमें पत्र लिखे, हम और रुपया भेज देंगे।

वर के पिता डाकुओं को श्रद्धा के साथ नमस्कार कहते और बस आगे बढ़ जाती।

□

वनस्पति सिंग खैनी बना रहे थे कि अचानक आठ-दस लोग थाने में आ गए। इतने लोगों को एक साथ देखकर आरक्षक प्रसन्न हुआ। टी.आई. के पास जाकर बोला—"हुजूर, ईश्वर की कृपा से दस लोग आए हैं।"

टी.आई. ने भी 'खुदा का लाख-लाख शुक्र है' वाली भावना से कहा—

"उन्हें आदर के साथ बिठाओ। मैं इस्तिंजे से फारिग होकर आता हूँ।"

थाने के पीछे ही पुलिस लाइन थी। जब अपने घरों में लेटे अन्य पुलिसवालों को पता चला कि आज थाने में आठ-दस लोग आए हैं तो वे तुरंत लुंगियाँ और धोतियाँ पहनकर थाने आ गए। सभी पुलिसवालों ने उपस्थित अभियुक्त समुदाय का झुककर अभिवादन किया।

उधर प्रधान आरक्षक ने रोजऩामचे पर ऊदबत्ती घुमाई और एक चौपाई गुनगुनाकर टेबल की ड्राज में डाटपेन खोजने लगे। सिपाही रामआसरा को उन्होंने थाने में लगी घंटी बजाने का आदेश दिया, ताकि सब पुलिसकर्मी थाने में हाजिर होकर पुलिस कार्यवाही देखने का लाभ ले लें।

थोड़ी ही देर में थाना सिपाहियों से भर गया। सतयुग लागू होने के कई दिनों बाद पुलिस को यह अवसर मिला था। हर सिपाही चाहता था कि इस जुर्म की रिपोर्ट दर्ज होने के बाद उसे तफतीश में शामिल किया जाय।

पूछताछ शुरू हुई।

प्रधान आरक्षक ने पूछा—"हाँ श्रीमान्, बताइए, क्या हुआ ?"

एक आदमी बोला—"हम सबने मिलकर चौक पर एक आदमी का खून कर दिया है।"

आरक्षक ने कहा—"मुझे तो विश्वास नहीं होता। आप सब पढ़े-लिखे लोग हैं। घर के संपन्न भी हैं। आप ऐसा काम नहीं कर सकते। मैं दावे के साथ कह रहा हूँ कि आप झूठी रिपोर्ट लिखवाकर सतयुग में पुलिस की छवि खराब करना चाहते हैं।"

दूसरा आदमी बोला—"अल्लाह की कसम खाकर कहता हूँ पंडितजी··· मैंने खुद एक लाठी उसके सिर पर मारी है। हम सभी लोगों ने उसका मर्डर कर दिया है। आपको यकीन नहीं आता हो तो वहाँ जो लोग थे उनसे पूछ लीजिए।"

आरक्षक ने कहा—"देखिए श्रीमान्···पूछना या नहीं पूछना हमारा काम है, आपका नहीं, हम कहते हैं कि पहले तो हमें विश्वास ही नहीं हो रहा है कि आप लाठी चला सकते हैं। अच्छा बताइए तो आपको सतयुग में लाठी कहाँ से मिली ? आजकल तो कोई आदमी लाठी रखता ही नहीं है।"

दूसरे आदमी ने कहा—"मैं लाठी घर से लाया था।"

"आपके घर में लाठी कहाँ से आई ?"

"हमारे वालिद साहब के जमाने की है।"

तभी टी.आई. खान बोले—"यानी कि आपके वालिद साहब इमामत करते थे। अब आप ही बताइए, हम कैसे यकीन कर लें कि जो आदमी अपनी जमात की इमामत करता हो उसका लड़का लाठी मारकर किसी का खून कर सकता है? आप कुछ भी कहें, लेकिन हमको तो यकीन नहीं होता कि आपने इस मुबारक लाठी से किसी का खून किया है।"

तीसरे आदमी ने कहा—"देखिए दरोगा साहब…हम सब ईमान से कहते हैं कि हम सब लोगों ने मिलकर उस आदमी को जान से मार डाला है। अभी भी चौराहे पर उसकी लाश पड़ी है।"

खान साहब ने पुलिस की तेज नजरों से उस आदमी की ओर देखा। उस आदमी की उम्र कोई चालीस साल की रही होगी। चेहरे पर दाढ़ी थी। सिर पर उसने अजमेरी टोपी लगा रखी थी। मस्तक पर काले निशान थे।

जैसे ही इन काले निशानों पर खान साहब की नजर पड़ी, वे तुरंत बोले—"किबला, आप तो नेक नमाजी लगते हैं। आपकी पेशानी पर ये सजदे के निशान देखकर ही मैं कह सकता हूँ कि आप इस जुर्म में शिरकत नहीं कर सकते। आप खामखाँ अपने आपको मुजरिम बताकर पुलिस का काम बढ़ा रहे हैं। खुदा के लिए झूठ मत बोलिए। आप तो जानते ही हैं कि अपने मजहब में झूठ बोलने से बड़ा और कोई गुनाह नहीं है।"

तीसरे आदमी ने कहा—"आप ठीक कहते हैं, दरोगा साहब; लेकिन मैं और मेरा खुदा ही बेहतर जानता है कि इस थाने में बैठकर मैं झूठ नहीं बोल रहा हूँ। मैं इन लोगों के साथ था, इसलिए मैं यह मानता हूँ कि मैं भी इस जुर्म में बराबर का गुनाहगार हूँ। मुझे सजा मिलनी ही चाहिए। आप खुदा के वास्ते रिपोर्ट दर्ज कीजिए और दफा ३०२ ताजिराते हिंद में मुझे भी मुलजिम बना लीजिए। बस, आपसे मेरी यही इल्तिजा है।"

आरक्षक वनस्पति सिंग अनुभवी थे। पिछले कई सालों से वे पुलिस महकमे में काम कर रहे थे। वे समझ गए इस तरह काम नहीं चलेगा। इसलिए बोले—"देखो भैया…हम तो इसी पुलिस विभाग में बूढ़े होने को हैं। हम ही को न चलाओ। हम जानते हैं कि सच कैसे बुलवाया जाता है। तुम सब लोग हो कि इस सतयुग में झूठ बोल रहे हो। जब हम ही कह रहे हैं कि तुमने खून नहीं किया है तो इसके पीछे हमारा पुलिस का तजुर्बा है।

समझे कि नहीं? भैया, सीधी तरह बता दो, नहीं तो हम दो नंबर का रास्ता भी जानते हैं। अब बोलो?''

उपस्थित सभी लोगों ने आरक्षक की ओर देखा। आरक्षक वनस्पति सिंग अपनी मूँछों पर हाथ फेर रहे थे। उनकी भौंहें तन गई थीं। वे इस बात को किसी तरह मानने को तैयार नहीं थे कि कोई मर्डर हुआ है।

एक आदमी, जो कुछ ज्यादा पढ़ा-लिखा लगता था, बोला—''हवलदार साहब···आप हमपर विश्वास कीजिए। हम लोगों ने ही उस आदमी का खून किया है।''

''अच्छा, चलो माने लेते हैं कि किया है···लेकिन जब खून कर दिया तो रिपोर्ट लिखवाने तुम क्यों आए? किसी दूसरे आदमी को आना था रिपोर्ट लिखवाने। हम तो तभी न समझ गए कि मामला कुछ गड़बड़ है।''

''दूसरा आदमी नहीं आया। हमने तो दो-चार लोगों से कहा भी कि हमारे साथ थाने चलो। लेकिन वे बोले कि हम थाने नहीं जाएँगे। हम तो चश्मदीद गवाह हैं···जब पुलिस हमसे पूछेगी तभी थाने जाकर बोलेंगे···पहले से हम क्यों थाने जाकर बोलें? अब आप ही बताइए, दूसरा आदमी कैसे आता रिपोर्ट लिखवाने?''

वनस्पति सिंग ने अपना माथा खुजाया और टी.आई. साहब की ओर देखने लगे। पुलिस के सभी सिपाही मौन बैठे पूछताछ की यह पुलिस-प्रक्रिया देख रहे थे।

टी.आई. बोले—''ठीक है···अब तुम लोग आ गए हो तो इसका ये मतलब नहीं है कि हम अपनी रिपोर्ट में कुछ भी लिखकर तुम्हारे खिलाफ जुर्म रजिस्टर कर लें। माना कि तुम लोगों ने खून किया है, लेकिन पहले हम मौका-ए-वारदात पर जाकर देखेंगे तब तो मानेंगे, न कि तुम लोगों के कहने से ही मान लेंगे। अब बोलो?''

सभी एक-दूसरे की ओर देखने लगे। जो आदमी नमाजी था वह प्रधान आरक्षक के चरणों पर गिर पड़ा। कुछ लोगों ने टी.आई. साहब के पैर पकड़ लिये। सभी प्रार्थना कर रहे थे कि उनके खिलाफ खून करने की रिपोर्ट दर्ज कर ली जाए और उन्हें गिरफ्तार कर लिया जाए, क्योंकि वे कानून की नजर में खूनी हैं।

टी.आई. साहब ने बड़े धैर्य से काम लेते हुए उन लोगों को समझाया—

"देखो, जल्दबाजी करना ठीक नहीं है। अब सिलसिलेवार बताओ कि क्या हुआ?"

एक आदमी ने बताया—"हम लोग अपने मोहल्ले में बैठे थे। पता चला कि गांधी चौक में एक आदमी दारू पीकर माँ-बहनों को छेड़ रहा है।"

बीच में ही टी.आई. बोले—"तुम्हारी माँ-बहनें थीं क्या?"

आदमी ने कहा—"नहीं, लेकिन हमारे ही मोहल्ले की थीं। फिल्म देखने गई थीं।"

टी.आई. ने पूछा—"अच्छा बताओ, उन माँ-बहनों के कोई रिश्तेदार हैं इस मर्डर में तुम लोगों के साथ?"

"नहीं हैं।"

"फिर?"

"तो हम लोगों ने सोचा कि चलो देखते हैं कौन छेड़ रहा है माँ-बहनों को।"

"क्या देखा? कोई माँ-बहन थी वहाँ कि नहीं?"

"नहीं थी। लेकिन वह आदमी था।"

"क्या कर रहा था?"

"चौक पर जहाँ गांधीजी का पुतला है, उसके नीचे बैठकर बीड़ी पी रहा था।"

"फिर क्या हुआ?"

"हम लोगों ने उससे पूछा कि उसने माँ-बहनों को छेड़ा है या नहीं।"

"क्या कहा उसने?"

"उसने कहा कि छेड़ा है, क्योंकि उसके दोस्तों ने अधिक पिला दी थी, वरना नहीं छेड़ता।"

"यानी कि उसने यह सब काम नशे में किया?"

"जी हाँ। तब हमने कहा, बताओ अब क्या किया जाए? तब वह बोला कि उसे बहुत पश्चात्ताप हो रहा है और वह आत्महत्या करना चाहता है। वह बोला कि मुझे तुम लोग मिलकर जान से मार डालो, नहीं तो मैं इस गांधीजी की कसम खाकर कहता हूँ कि अभी ट्रेन से कटकर मर जाऊँगा।"

"तुम लोगों ने क्या कहा?"

"हमने कहा कि हमें सोचने का मौका दो। हम इस तरह तुम्हारा खून नहीं कर सकते। हमने समझाया कि इसमें उसका दोष नहीं है। उसने जो भी किया है वह शराब के नशे में किया है।"

"फिर क्या हुआ?"

"वह हम लोगों के पैरों में गिरकर गिड़गिड़ाने लगा। कहने लगा—'मैं अपराधी हूँ...जब तक तुम लोग मेरा खून नहीं करोगे, मेरी आत्मा को शांति नहीं मिलेगी। जो कुछ करना है, जल्दी करो। छत्तीसगढ़ एक्सप्रेस राइट टाइम है। तुम लोग यदि मेरा खून नहीं करोगे तो अभी मैं रेलवे स्टेशन की तरफ जाऊँगा और ट्रेन से कटकर मर जाऊँगा। मेरे पास समय बहुत कम है। जल्दी करो।' "

"लेकिन ये तो बताओ कि लाठी कहाँ से आ गई तुम लोगों के पास?"

"हमने जुम्मन से कहा कि दौड़कर लाठी ले आओ घर से।"

"गला क्यों नहीं दबाया?"

"उस समय जल्दी में हमको याद नहीं आया।"

"फिर?"

"जुम्मन जल्दी दौड़कर वालिद साहब की लाठी ले आया और अपने चचा को बुला लाया। जुम्मन ने एक लाठी मारी और वह आदमी मर गया। जब हम लोगों को पूरा भरोसा हो गया कि वह मर गया है, तभी हम थाने आए हैं यह रिपोर्ट लिखवाने।"

टी.आई. खान और प्रधान आरक्षक वनस्पति सिंग विचार करने लगे कि अब क्या किया जाए। नीयत तो इन लोगों की मर्डर करने की थी ही नहीं तो एफ.आई.आर. कैसे लिखें। कोई केस तो बनता ही नहीं है और ये लोग पुलिस को परेशान करने के लिए रिपोर्ट लिखवाने और अपने को गिरफ्तार करवाने पर तुले हुए हैं। काफी सोच-विचार के बाद टी.आई. साहब सब पुलिसवालों को लेकर थाने के सामने पीपल के वृक्ष के नीचे बने चबूतरे पर बैठकर विचार करने लगे कि क्या किया जाए। सभी पुलिसवाले इस पक्ष में थे कि मर्डर हुआ ही नहीं है तो रिपोर्ट लिखना बेकार है। पुलिस की बदनामी होगी। पुलिस-स्तर पर उन लोगों को संतुष्ट कर दिया जाए; यदि वे न मानें तो थोड़ा-सा बल प्रयोग भी किया जाए।

□

मगरिब का वक्त हो गया था। टी.आई. साहब ने सिपाहियों से कहा—"अब तुम लोग घर जाकर पूजा-पाठ कर लो। मैं भी तब तक मगरिब की नमाज अदा कर लेता हूँ। फिर समझाएँगे इन लोगों को।"

टी.आई. साहब ने मुसल्ला फिर बिछा लिया, नियत बाँधी और आँखें झुकाकर भरे हुए दिल से नमाज अदा की। दुआ माँगी—या परवरदिगार, हम तेरे गुनहगार बंदे हैं...हमें सचाई के रास्ते पर चलने की तौफीक अता फरमा...आज जो साहेबान थाने में रिपोर्ट दर्ज करवाने आए हैं, उन्हें भी अक्ल दें कि वे सचाई की राह पर चलें। वे नहीं जानते कि वे क्या कर रहे हैं। वे भी तेरे ही गुनहगार बंदे हैं...उन्हें सही रास्ते पर चला मेरे मौला। आमीन।

कोई आधे घंटे के बाद फिर पुलिस की भीड़ थाने में जमा हुई। बहुत समझाया गया, लेकिन वे जिद पर थे कि उनकी रिपोर्ट दर्ज की जाए और उन्हें मर्डर के जुर्म में तत्काल गिरफ्तार किया जाए।

जब वे लोग सीधी तरह नहीं माने तो कुछ गरमा-गरमी हो गई। टी.आई. ने कहा—"तुम लोग तुरंत थाने से बाहर चले जाओ। हम रिपोर्ट दर्ज नहीं करेंगे।"

एक आदमी बोला—"दर्ज कैसे नहीं करेंगे...आपको करना पड़ेगा।"

"अच्छा, नहीं करेंगे तो क्या कर लोगे तुम लोग?"

"क्या कर लेंगे?...हम अभी जाते हैं और पूरे शहर में लोगों को इकट्ठा कर लोगों से कहते हैं कि थानेवाले रिपोर्ट नहीं लिख रहे हैं। अभी एक घंटे में थाने का घेराव कर देंगे और यह थाना जला देंगे? समझे आप? ये सतयुग है जनाब...आपके घर की खेती नहीं कि कुछ भी करते रहें थाने में?"

□

टी.आई. साहब ने तुरंत एस.डी.एम. साहब को फोन किया कि कुछ लोग थाने का घेराव कर थाना जलाने की धमकी दे रहे हैं। वायरलेस से हेडक्वार्टर से पुलिसफोर्स तत्काल बुलाकर शहर में धारा १४४ भी लगा दी जाए।

एस.डी.एम. साहब तुरंत थाने आ गए। देखते-ही-देखते लोगों की भीड़ जमा हो गई। टी.आई. साहब के खिलाफ नारेबाजी होने लगी। भीड़

माँग कर रही थी कि रिपोर्ट लिखकर मर्डर की कार्यवाही की जाए। एस.डी.एम. भी लोगों को समझा रहे थे कि यह मर्डर नहीं है, लेकिन लोग थे कि मानने को तैयार नहीं थे। जिन लोगों ने यह खून किया था वे भीड़ में सबसे सामने थे और 'पुलिस प्रशासन मुर्दाबाद' के नारे लगा रहे थे। बीच-बीच में 'हमें गिरफ्तार करो' का नारा लगा रहे थे।

स्थिति काबू के बाहर हो गई। टी.आई. खान ने एस.डी.एम. साहब से कहा—"इस तरह देखते रहने से यह थाना थोड़ी देर में जल जाएगा। इसलिए मेहरबानी करके आप हमें गोली चलाने का आदेश दीजिए, ताकि हम इस सतयुग में पुलिस थाने की रक्षा कर सकें।"

एस.डी.एम. साहब ने भीड़ को अंतिम चेतावनी दी कि वे तितर-बितर हो जाएँ अन्यथा गोली चलाने के आदेश दे दिए जाएँगे।

सतयुग था। लोगों के हौसले बुलंद थे। कोई थाने के सामने से हटना नहीं चाहता था। सचाई के लिए वे मरने को तैयार थे।

जब कोई रास्ता नहीं बचा तो प्रशासन की ओर से एस.डी.एम. साहब ने गोली चलाने के आदेश दे दिए। सामने जो लोग थे वे मारे गए। कुल दस लोग इस गोलीकांड में मारे गए। वो तो और भी मरते, लेकिन उधर नमाज का वक्त हो गया तो बहुत से मुसलमान भाई घेराव छोड़कर नमाज पढ़ने चले गए। कई लोग मंदिरों की घंटियाँ बजने पर पूजा-पाठ के लिए चले गए। जो लोग घर पर नियमित पूजा-अर्चना करते थे उनका भी समय हो गया था।

कुल मिलाकर चुस्त और कुशल प्रशासन के कारण स्थिति नियंत्रण में आ गई थी। लोग मरे, लेकिन पुलिस थाना बच गया।

ज्युडीशियल इनक्वायरी के आदेश हो गए। मुख्यमंत्री ने वक्तव्य दिया—सचाई इस जाँच में सामने आ जाएगी और दोषी लोगों को नहीं बख्शा जाएगा।

□

टी.आई. खान और आरक्षक वनस्पति सिंग ने एक-दूसरे की ओर देखा। दोनों को इस बात का संतोष था कि उन्होंने आज सतयुग में इस थाने की रक्षा कर ली है। उन्हें पूरा विश्वास था कि इस बार पुलिस विभाग से उन्हें कोई पुरस्कार जरूर मिलेगा।

●

दातादीन चौकी पर

शंकर पुणतांबेकर

दातादीन की साइकल चोरी चली गई, सो वह एफ.आई.आर. लिखाने के लिए पुलिस चौकी को निकला। पत्नी ने टोका। कहा, ''समझ लो साइकल की मौत हो गई। घर बैठकर दो दिन रो लो, पर पुलिस की देहरी मत चढ़ो। नहीं तो साइकल को पाने की कोशिश में पुलिस तुम्हें महीनों रुलाएगी और साइकल मिलेगी नहीं सो अलग।'' इस बात पर दातादीन ने कुछ कहना चाहा तो वह आगे बोली, ''मैं यों ही नहीं कह रही हूँ, मेरा भाई जो पुलिस में है।''

लेकिन दातादीन नहीं माना। वह चौकी को चल पड़ा।

चौकी जब पहुँचा तो देखा वहाँ कुछ भीड़-सी है। अब भीड़ में उसे जो भी सिपाही दिखता, उससे वह पूछता, ''एफ.आई.आर. लिखानी है, किधर लिखेगी?''

लेकिन सिपाहियों के जैसे कान ही नहीं थे। उसे कहीं पढ़ा हुआ याद आया, वरदी के और कुरसी के कान नहीं होते। केवल जीभ होती है।

''ओ भाई साहब···ओ दादा···अजी साहबजी···''

यह कहते हुए उसे लगा, एक-एक सिपाही से वह जैसे भीख माँग रहा है। याद आया, पत्नी ठीक कह रही थी, पुलिस की देहरी मत चढ़ो।

आखिर उसने एक आदमी से पूछा, ''भाई साहब, क्या आप जानते हैं एफ.आई.आर. किधर दर्ज होती है?'' और उसने बताया, ऊपर दर्ज होती है, नंबर एक कमरे में।

वह ऊपर पहुँचा। नंबर एक कमरे के बाहर बैंचों पर काफी लोग बैठे थे। कुछ खड़े भी थे। उसने एक से पूछा, ''क्या एफ.आई.आर. यहीं दर्ज होती है!''

सवाल सुन उस आदमी ने कहा, ''कौन-सी एफ.आई.आर. ? 'गुनाह हुआ' की एफ.आई.आर. या 'गुनाह किया' की एफ.आई.आर. ?''

दातादीन यह सवाल सुनता ही रह गया। 'गुनाह हुआ' की एफ.आई.आर. उसे मालूम थी, दूसरी 'गुनाह किया' की नहीं।

उसने सोचा, क्या रामराज्य लौट रहा है; जो अपराधी आप होकर चौकी पर आते हैं और अपना गुनाह दर्ज करा जाते हैं! उसे कहीं पढ़ा हुआ याद आया कि अपराधों की पैदाइश, कानून बनानेवाले उन हाथों की होती है जब वे स्वयं अपराधी हों। आदमी झूठ तब बोलता है जब उपदेशक स्वयं झूठा हो।

खुद अपराधी अपना गुनाह कबूल कर रहे हैं। कितनी बड़ी बात! उसने सोचा।

बैठने को जगह नहीं थी, सो वह खड़ा ही था और सवाल करनेवाले उस आदमी से कहा, ''मैं 'गुनाह हुआ' की एफ.आई.आर. दर्ज कराने आया हूँ।''

इसपर उस आदमी ने कहा, ''तब यहीं खड़े रहो और घंटों खड़े रहना होगा।''

''घंटों!'' दातादीन के मुख से निकला।

''हाँ! अगर तुम्हारी 'गुनाह किया' की एफ.आई.आर. होती तो वह फौरन दर्ज हो जाती। वह तो बाइज्जत दर्ज होती है। उन्हें पानी की पूछते हैं, चाय-वाय देते हैं।''

यह सुन दातादीन ने सोचा, ठीक भी है। जो गुनाह कबूल कर लेता है वह गुनहगार ही नहीं रह जाता, वह बड़ा आदमी बन जाता है। उसे कहीं पढ़ा हुआ याद आया—कन्फेशन बड़ी चीज है, इससे बड़े-से-बड़े पापों का क्षालन हो जाता है। कभी रोम के पोप के यहाँ थी यह व्यवस्था। अब हमारी व्यवस्था में आ गई है। कितनी अच्छी बात!

दातादीन जरा बुरी किस्म का आदमी था। बुरी किस्म का इसलिए कि वह बुरी किस्म की नहीं, अच्छी किस्म की किताबें पढ़ता था। सो उनमें पढ़ी हुई बातें, प्रसंगानुकूल उसे याद आ जातीं। इसीलिए जब उसे

बैठने की जगह मिल गई, तो अच्छी किताबों में पढ़ी पुलिस संबंधी बुरी बातें याद आ गईं।

एक लेखक एफ.आई.आर. लिखाने पुलिस चौकी पहुँचा। उसकी किताब की पांडुलिपि चोरी चली गई थी। इसमें उसने गांधी, नेहरू, सुभाष, पटेल, आजाद का चरित्र-निर्माणकारी चरित्र-चित्रण किया था। इंस्पेक्टर ने जब यह सुना तो वह बोला—''एफ.आई.आर. दर्ज कराने की जरूरत नहीं है। तुम्हारी पांडुलिपि कोई फिल्मी हीरो-हीरोइन या क्रिकेटी प्लेयरों की नहीं, राष्ट्र-निर्माता महापुरुषों की है, सो चोर यह देख अपनी किस्मत को कोसेगा और उसे लौटा जाएगा।'' और ऐसा ही हुआ।

एक किसान का बैल चोरी चला गया। पुलिस चौकी पहुँचा। इंस्पेक्टर ने कहा, एफ.आई.आर. दर्ज मत कराओ। आठ दिन बाद आओ, तुम्हारा बैल तुम्हें मिल जाएगा। और सचमुच किसान को आठ दिन बाद बैल पुलिस चौकी पर मिल गया। कौन ले गया था मेरा बैल, बड़ा नुकसान हुआ। खेत मेरा जुत न सका। इंस्पेक्टर ने बताया, बैल एक पुजारी ले गया था, बन रहे मंदिर के चूने के घट्टे के लिए। यह सुन जब किसान ने कहा, अरे पुजारी ही चोर, तो इंस्पेक्टर दो डंडे उसपर जमाते हुए बोला, 'अबे ए, मंदिर खड़ा कर रहे पुजारी को ही चोर कहता है!'

□

आखिर उसका नंबर आया। वह अंदर गया।

''बोलो, क्या बात है?'' इंस्पेक्टर या इंस्पेक्टरनुमा सिपाही ने कहा।

दातादीन जानता था, इंस्पेक्टर उसे बैठने को नहीं कहेगा। उसने पढ़ा था, मैच्योर अफसर कभी इस तरह की एटिकेट की बातें नहीं करता। तभी इंस्पेक्टर की मेज से एक कागज उड़ा। इंस्पेक्टर ने दातादीन को वह कागज उठाने को कहा। यह सुन उसे कहीं पढ़ा हुआ याद आया, जो लोग हमारी सेवा के लिए हैं वे हमको ही सेवा में ठेल देते हैं।

कागज उठाकर उसने मेज पर रखा ही था कि फोन खनक उठा। कोई आना चाहता था। इंस्पेक्टर ने कहा, ''हाँ, हाँ, भेज दो, भेज दो।''

इंस्पेक्टर ने दातादीन से बात शुरू की ही थी कि कुछ लोगों ने अंदर प्रवेश किया। दातादीन को नहीं मालूम था कि ये लोग कौन थे। ये वास्तव में गुंडों के सरगना थे। इनके लीडर ने इंस्पेक्टर से कहा, ''कल जश्न है।

हमारे गिरोह की सालगिरह पर। इस जश्न का उद्घाटन आप करें।"

इंस्पेक्टर ने उनका निमंत्रण स्वीकार कर लिया और वे लोग लौट गए।

"हाँ, तो तुम्हारी साइकल चोरी चली गई है! साइकल···साइकल क्यों रखते हो तुम?"

इंस्पेक्टर का यह सवाल सुन दातादीन को लगा साइकल रखना जैसे गुनाह है।

और इंस्पेक्टर के अगले कथन ने जैसे इसकी पुष्टि कर दी। जानते तो हो सालो क़ि साइकलें चोरी जाती हैं। तब भी साइकलें रखते हो और फिर रोते हुए चले आते हो इधर!

इतना कह इंस्पेक्टर ने घंटी बजाई, अगले वाले को भेजो।

यह देख दातादीन ने डरते-डरते कहा, "तो मेरी एफ.आई.आर.?"

"भाड़ में गई तुम्हारी एफ.आई.आर.! साइकल चोरी न गई विमान चोरी चला गया। जाओ, कल आना, कल।"

वह कड़वा मुँह किए वहाँ से उठा।

इस अपमान को भुलाते हुए घर पर उसने पत्नी से कहा, "जानती हो, पुलिस चौकी पर 'गुनाह किया' का भी अब एफ.आई.आर. दर्ज होता है। कितनी अच्छी बात है कि लोग सुधर रहे हैं।"

"खाक सुधर रहे हैं," पत्नी ने कहा, "पुलिस प्रोटेक्शन पाने के लिए यह एफ.आई.आर. दर्ज होता है किताबीराम!"

दातादीन पत्नी की बात सुनता रह गया।

●

समस्या सुलझाने में बुद्धिजीवी का योगदान

— शरद जोशी

बुद्धिजीवियों का यह कर्तव्य है कि राष्ट्र की समस्याएँ सुलझाने में मदद करें। नेता अपने हर भाषण में यही बात कहते हैं। खुद तो करते नहीं, हमारे सिर पर डाल रखा है। सवाल यह है कि बुद्धिजीवी कौन है? उत्तर यह कि मैं हूँ, आप हैं, यहाँ बैठे सब लोग हैं। जब वे नेता हो सकते हैं तो क्या हम बुद्धिजीवी नहीं हो सकते? जब उन्हें स्वयं को नेता कहते शर्म नहीं आती तो हम अपने को बुद्धिजीवी कहने में क्यों शरमाएँ?

पर इस देश की समस्याएँ अधिक हैं और उसकी तुलना में बुद्धिजीवी कम हैं। फिर यह भी हो सकता है कि हम जिसे समस्या समझ रहे हों, नेता उसे समस्या ही न मानें। मैंने सोचा, चलो नेता से ही पूछ लें कि समस्या क्या है?

मैंने एक नेता से पूछा—"जी, आपकी नजर में सबसे बड़ी समस्या क्या है?"

वह बोला—"सबसे बड़ी समस्या तो एक बार जहाँ से चुनाव जीत गए, वहाँ से फिर जीतना है।"

मैंने कहा—"बुद्धिजीवी के नाते मैं आपकी क्या मदद कर सकता हूँ?"

वे बोले—"बुद्धिजीवी के नाते तो नहीं, हाँ गुंडे-बदमाश के नाते आप मेरी जरूर मदद कर सकते हैं।"

मैंने कहा—"गुंडे-बदमाश होने के लिए तो मुझे फिर से जन्म लेना पड़ेगा।"

वे बोले—"तभी आइए। प्रजातंत्र तो अमर है। चुनाव तो होते ही रहेंगे।"

मेरा पत्ता कट गया। इन नेताओं की जो प्रमुख समस्या है उसमें तो मैं कोई मदद नहीं कर सकता।

मैंने सोचा—चलो किसी अफसर से बात करें। जिस अफसर से मैं मिला वह हालाँकि पुलिस का था, मगर था विश्वसनीय। मुझे ताज्जुब तो तब हुआ जब उसने बात भी अक्ल की की। मैंने उससे पूछा, क्यों साहब, पुलिस की वरदी में कहीं आप कोई बुद्धिजीवी तो नहीं हैं? वह हँसे। बोले, "बुद्धिजीवी होता तो ये नौकरी मुझे कौन देता? आपकी तरह चप्पलें चटखाता फिरता।"

मैंने उनसे पूछा—"आपकी दृष्टि में इस समय राष्ट्र की प्रमुख समस्या क्या है, जिसपर विचार करने में हम बुद्धिजीवी आपकी मदद कर सकते हैं।"

पुलिस अफसर ने बताया कि राष्ट्र की प्रमुख समस्या है लॉ एंड ऑर्डर अर्थात् कानून व्यवस्था। हत्याएँ हो रही हैं। चोरी, लूटपाट, बलात्कार; यही समस्या है।

मैंने कहा, "कुछ बलात्कार तो आप पुलिसवाले भी करते हैं।" वे बोले, "जी, टाइम ही कहाँ मिलता है। सारा दिन तफतीश में गुजर जाता है। इनसान के पास वक्त हो तो वह बलात्कार भी करे। क्राइम बहुत बढ़ गए हैं। मैं तो कहूँगा, किस्मतवाले हैं वे पुलिसवाले जो इतने सबके बावजूद बलात्कार का वक्त निकाल लेते हैं। एक मिनट की तो फुरसत नहीं है, आप बलात्कार की बात कर रहे हैं।"

इसमें शक नहीं है कि इस देश में अपराध बहुत बढ़ गए हैं। अपराध करनेवालों को समझ नहीं आ रहा है कि क्या करें। मतलब यह है कि हत्या करें या बैंक लूटें, अपहरण करें या दुकान में घुसकर नगद कैश ले लें। यदि पुलिस के पास फुरसत नहीं है तो उनके पास भी फुरसत नहीं है। आप जीवित हैं उसका एक कारण यह भी है कि अभी तक हमारी हत्या नहीं हुई। हत्या इसलिए नहीं हुई कि हत्या करनेवालों को दूसरों को मारने

से फुरसत नहीं मिली। हमारे सौभाग्य हैं कि हम वे दूसरे नहीं थे। अन्यथा आज मरने में देर क्या लगती है और मारने में किसी का जाता क्या है!

मैंने पुलिस आफीसर महोदय से पूछा, "आपकी रुचि किसमें है? आप हत्याएँ रोकना चाहते हैं या हत्यारों को पकड़ना चाहते हैं?" वे बोले, "हत्याएँ जिन कारणों से होती हैं उसका तो हमारे विभाग से कोई संबंध नहीं। आर्थिक कारणों से होती हैं तो यह वित्त विभाग का मामला है। मनोवैज्ञानिक कारणों से होती हैं तो आप जानते हैं, मनोविज्ञान शिक्षा का विषय है। राजनीतिक कारणों से होती हैं तो आप जानते हैं, हम पुलिसवाले राजनीतिक मामलों में नहीं पड़ते। हमारा काम है हत्या हो जाने के बाद हत्यारे को पकड़ना। इसमें बताइए, बुद्धिजीवी के नाते आप हमारी क्या मदद कर सकते हैं?"

मैंने कहा, "इसमें तो हत्यारा, जिसने खुद हत्या की है वो आपकी मदद नहीं कर सकता तो मैं क्या कर सकता हूँ?"

पर बुद्धिजीवी के नाते राष्ट्र की समस्या पर विचार करना मेरा फर्ज था, इसलिए मैंने सोचना आरंभ किया। आप जानते हैं इस क्षेत्र में मेरा अनुभव जरा भी नहीं है। न मेरी हत्या हुई है और न मैंने हत्या की है। हत्यारे को खोजने का तो सवाल ही नहीं उठता। जो आत्मनिरीक्षण नहीं कर पाते वे दूसरों को क्या खोजेंगे?

दिशाएँ आठ हैं। हत्यारा किसी भी दिशा में भाग सकता है। यदि हर दिशा में हत्यारे को पकड़ने के लिए दो-दो पुलिसवाले दौड़ाए जाएँ तो एक हत्या के पीछे सोलह पुलिसवाले चाहिए। फिर वे दौड़ते हुए अपने घर न चले जाएँ, इसके लिए भी तो कुछ चाहिए। इसी भाग-दौड़ से बचने के लिए पुलिस अकसर हत्या को आत्महत्या कहकर टाल देती है। हमारे देश में बड़े आदमी की हत्या होती है। गरीब को आत्महत्या करनी पड़ती है। उसे मारने को कोई भी खाली नहीं है। उनका शोषण किया जाता है, मारा नहीं जाता। यदि किसी गरीब की हत्या हुई है तो यह साबित करना पड़ता है कि यह आत्महत्या नहीं है। पुलिस मानती नहीं। गरीब को कौन मारेगा, इसमें रखा क्या है! बिना अच्छी आर्थिक स्थिति के आपकी इस देश में हत्या भी नहीं हो सकती।

हत्यारे को पकड़ने का तरीका यह है कि पुलिस जाती है और पूछताछ करती है।

"क्यों साहब, ये हत्या आपने की है?"

"किसकी हत्या?"

"रामप्रसाद की, जो परसों मरा।"

"जी, मैंने नहीं की।"

"भाई साहब, आपने हत्या की?"

"रामप्रसाद की? जी नहीं। मैंने सरजूप्रसाद की की।"

"हम आपसे रामप्रसाद की पूछ रहे हैं, आप सरजूप्रसाद का जवाब दे रहे हैं। हाँ जनाब, एक मिनट ठहरिए, आपने की है रामप्रसाद की हत्या?"

"हत्या?"

"जी!"

"हत्या मैं नहीं करता। इन चक्करों में पड़ने का टाइम नहीं है मेरे पास। कभी किसी की करनी भी होगी तो पैसे देकर दूसरे से करवा लेंगे। खुद नहीं करेंगे। हमारी समाज में कुछ इज्जत है साब।"

"माफ कीजिए। जनाब, जरा रुकिए। वो रामप्रसाद की हत्या आपने की?"

"जी नहीं। मैं रामप्रसाद को जानता ही नहीं तो मैं उसकी हत्या क्यों करने लगा? नाम ही आज सुन रहा हूँ। जान-पहचानवाला हो तो हत्या भी करें। जिससे परिचय नहीं, उसकी हत्या हम क्यों करने लगे?"

"श्रीमान्, क्या आप बताने का कष्ट करेंगे कि रामप्रसाद की हत्या..."

"जी मैंने की है रामप्रसाद की हत्या।"

"आप बीच में मत बोलिए। मैं इनसे पूछ रहा हूँ। हाँ श्रीमान्, आपने की रामप्रसाद की हत्या?"

"जी नहीं। मैं तों परदेशी हूँ। बाहर से मर्डर करके आया हूँ। इस शहर में जी मैंने अभी तक कोई मर्डर नहीं किया।"

"अच्छा, अच्छा।"

कहने का तात्पर्य यह है कि एक-एक से पूछने में काफी समय लग जाता है। इसलिए पुलिस तो यह करती है कि किसी एक को पकड़ लेती है कि तूने की है रामप्रसाद की हत्या। वह कहे कि जी मैंने नहीं की तो कहा तूने ही की है। अब यह साबित करना उसका काम है कि उसने हत्या नहीं की। जैसे मर्डर स्कूल के पास हुआ तो एक मास्टर को पकड़

लिया, "जी, आपने की है हत्या।"

"क्या बात करते हैं?"

"स्कूल के पास हुई है। आप नहीं करेंगे तो और कौन करेगा?"

और इनकार करनेवाले से कुबूल करवाना तो पुलिस के बाएँ हाथ का खेल है। थाने में पिट-पिटकर अधमरा पड़ा अपराधी सोचता है—मेरी हत्या हो रही है, इससे तो अच्छा है कि मैं दूसरे की करूँ। वह पुलिस से हाथ जोड़कर कहता है, "जी रामप्रसाद कौन है, मैं नहीं जानता। उसकी कब और किस वजह से हत्या हुई, यह भी मुझे नहीं पता। मगर की मैंने है, इसमें शक नहीं।" एक बार हत्या कुबूल हो जाए तो बाकी जानकारी तो पुलिस दे देती है।

बुद्धिजीवी के नाते मैंने किया यह कि एक ताजा हत्या का विस्तार से अध्ययन किया। हत्यारे का मनोविज्ञान, जिसकी हत्या हुई थी उसकी आर्थिक स्थिति, उसका इतिहास, घर का भूगोल आदि सभी पक्षों पर रिसर्च कर मैंने अपनी खोज पुलिस आफीसर महोदय के सम्मुख प्रस्तुत की।

उन्होंने ध्यान से सुनी। फिर काफी देर चुप रहे और गहराई से सोचते रहे। फिर आँखें छोटी कर मुझसे बोले, "मेरा खयाल है, ये हत्या आपने की है।"

"मैं बुद्धिजीवी हूँ, यह विश्लेषण प्रस्तुत कर रहा हूँ।"

"बिना स्वयं हत्या किए इतना बढ़िया डिटेल विवरण आप दे ही नहीं सकते।" फिर डाँटकर बोले, "चलो थाने।"

उसके बाद जो हुआ वह लेख का नहीं, कविता का विषय है। मैं तो यही कहूँगा कि राष्ट्र की समस्याओं के चिंतन में मुझसे जो बन पड़ा वह मैंने किया। आप यह भी समझ गए होंगे कि नेता बुद्धिजीवियों से क्यों अपील करते हैं। उन्हें डर है कि कहीं वे ही न फँस जाएँ।

●

पुलिस की प्यारी छवि...

शिव शर्मा

हमारे प्रदेश की प्यारी पुलिस की छवि, कुछ आरंभ से ही पुलिसिया रही है। एक बार तो विधानसभा सत्र के दौरान ही थाने में बलात्कार हो गया और हमारे पुलिस महानिरीक्षकजी को यह आदेश निकालना पड़ा कि कम-से-कम सत्र के दौरान तो पुलिसजन कोई बड़ा अपराध न करें, जिससे कि सदन में जवाब देना तक भारी पड़ जाए। इसके बाद से हमारी प्यारी पुलिस ने विधानसभा के सत्र के दौरान, कभी भी किसी बड़ी शिकायत का अवसर दिया हो, हमारी जानकारी में तो यह कतई नहीं है।

इस बार की मध्य प्रदेश विधानसभा में हमारे गृहमंत्री ने पुलिस के सद्व्यवहार के संबंध में एक प्रस्ताव रखा, जो ध्वनिमत से पारित हो गया। हमारे गृहमंत्रीजी का कथन था कि पुलिस ज्यादतियों के संबंध में जो भी शिकायतें उन्हें प्राप्त हुई हैं, उनके पीछे पुलिसवालों की थकान तथा खुराक की कमी मुख्यतया रही है। अत: पुलिसजनों को प्रतिमाह पचास रुपए का विशेष भत्ता प्रदान किया जाता है। इस भत्ते से उन्हें प्रतिदिन दूध का सेवन करना होगा, ताकि वे जनता के साथ दुर्व्यवहार बंद कर सकें।

इस विशेष बिल को विधानसभा में लाने के पीछे दो विशेष घटनाओं का महत्त्व रहा है। एक किस्सा तो सेंधवा चेक-पोस्ट का है। इस चेक-पोस्ट पर पिछले दिनों प्रदेश के एक प्रमुख पत्रकार को अपमानित होना पड़ा था। वे अपने एक प्रियजन का शव, बंबई से मध्य प्रदेश में ला रहे

थे। चूँकि नाके पर चुंगी देना अनिवार्य है, अतः एक पुलिस इंस्पेक्टर ने, शव को ले जा रही एंबुलेंस को न केवल रोका, अपितु उसपर एक हजार रुपए का जुर्माना ठोंक दिया। पत्रकार महोदय ने काफी जोर लगाया, किंतु बिना रिश्वत दिए वे चेक-पोस्ट से अपने प्रियजन की लाश को नहीं ले जा पाए। जाहिर है कि इससे तूफान आया और गृहमंत्रीजी ने पुलिस को सद्व्यवहारी होने तथा सदाचारी बनाने के लिए एक बिल ही विधानसभा में प्रस्तुत कर दिया।

शासन नें उस पुलिस इंस्पेक्टर को सेंधवा के चेक-पोस्ट से तत्काल हटा तो दिया, किंतु अब कोई नया इंस्पेक्टर, एक लाख रुपए देकर भी अपनी पोस्टिंग उस चेक-पोस्ट पर करवाना नहीं चाहता। कारण स्पष्ट है, क्योंकि पूर्व इंस्पेक्टर ने अपनी पोस्टिंग पर जो एक लाख रुपया दिया था, वह वसूल नहीं हो पाया था और यह दुर्घटना घट गई। अब गृहमंत्री का स्वयं का कार्यकाल इतना शेष नहीं रहा है कि पुनः एक लाख रुपए का रिस्क लिया जाए। अतः सेंधवा का चेक-पोस्ट अभी तक बिना पोस्टिंग के चल रहा है।

पुलिस के दुर्व्यवहार की दूसरी घटना यह हुई कि उज्जैन में एक परीक्षा केंद्र से उत्तर पुस्तिकाओं का एक बंडल चोरी चला गया। उस बंडल में नकलची छात्रों की पकड़ी गई उत्तर-पुस्तिकाएँ भी थीं। जाहिर है कि पुलिस को, प्रथम द्रष्ट्या संदेह हुआ कि यह बंडल अवश्य ही कॉलेज के प्राचार्य, अध्यापकों या कर्मचारियों द्वारा चुराया गया होगा। हमारी पुलिस की यह प्रथम एवं शाश्वत मान्यता है कि चोरी में सर्वप्रथम घरवालों का ही हाथ होता है। बाहर के चोर बिना पुलिस को जानकारी दिए अकसर चोरी करने नहीं जाते हैं। अतः यदि पुलिस को चोरों की जानकारी नहीं प्राप्त है तो इसका सीधा अर्थ यह है कि घर के लोगों ने ही चोरी की होगी। पति ने अपनी प्रेमिका के लिए पत्नी के गहने चुरा लिये होंगे। पत्नी ने अपने प्रेमी के लिए पति की जेब से पूरा वेतन चुरा लिया होगा और पुलिस को तफतीश करने हेतु एफ.आई.आर. दर्ज करा दी होगी।

उसी थीसिस को मानते हुए पुलिस ने उत्तर पुस्तिकाओं की चोरी के मामले में उस कॉलेज के कर्मचारियों के विरुद्ध प्रकरण दर्ज कर लिया और चार-पाँच कर्मचारियों को बंद कर दिया। शिक्षकों तथा प्राचार्य ने

दलील दी कि उन्हें कापियाँ चुराने की आवश्यकता नहीं है। यदि वे छात्रों को नकल कराना चाहते भी हों तो उसके लिए सेंध मारकर कापियाँ चुराने की जरूरत नहीं होगी। वैसे ही वे छात्रों को नकल करवा देंगे और पास करा देंगे! किंतु पुलिस तो पुलिस ही होती है। उसने प्राचार्य, शिक्षकों तथा कर्मचारियों को उत्तर पुस्तिकाओं की चोरी के लिए जिम्मेदार मान लिया और परीक्षार्थियों को सहर्ष छोड़ दिया!

इन दो दुर्घटनाओं से हमारी प्यारी पुलिस की छवि को गहरा धक्का लगा तथा हमारे गृहमंत्री ने विधानसभा में बिल प्रस्तुत कर दिया। इस बिल का प्रस्तुत होना था कि हमारी पुलिस के व्यवहार में क्रांतिकारी परिवर्तन आ गया। पचास रुपए प्रतिमाह के विशेष वेतन से, पुलिसकर्मियों ने अपने लिए प्रतिदिन दूध-जलेबी सेवन करने का नियम बना लिया। अब वे प्रतिदिन प्रातःकाल दूध-जलेबी का सेवन करने के पश्चात् ही थाने में प्रकरण कायम करते हैं। दिन-भर वे इतने तरोताजा रहते हैं कि गाली-गलौच करना भूल ही गए हैं और अपने व्यवहार में अद्‌भुत परिवर्तन महसूस करने लगे हैं।

थाने में प्रतिदिन हाजिरी भरनेवाले 'हिस्ट्री-शीटर' तक को देखकर वे अपने व्यवहार में तनाव नहीं लाते और उन्हें श्रीमान् या मान्यवर कहकर संबोधित करते हैं।

विधानसभा में जो बिल पास हुआ है, उसके अनुसार अब पुलिस थाने में महिलाओं को पूछताछ के लिए रात्रि को हवालात में बंद नहीं रखा जा सकेगा। अभी तक महिलाओं को संदेह में, रात्रि को बंद कर दिया जाता था और दिन-भर की थकान के बाद, एक पव्वा पीकर पुलिसकर्मी महिलाओं से पूछताछ करने में भगवान् श्रीकृष्ण की छेड़छाड़वाली मुद्राओं का उपयोग करते थे। अब जो भी पूछताछ करनी होगी, वह दिन में करनी होगी। आपने 'तूफान' फिल्म देखी होगी। अब जेबकतरी अमृता सिंह को पकड़ने के लिए पुलिस को कितनी तकलीफ होगी, यह हमारी समझ के बाहर की बात होगी।

इंडियन पीनल कोड के अंतर्गत, अभी तक बिना माँ-बहन की गाली के कोई भी हत्या या चोरी का मामला पकड़ा गया हो, पुलिस इतिहास में तो उपलब्ध नहीं है। अब बिना किसी गाली के, संबोधन के, चोर या बलात्कारी यह स्वीकार कैसे करेगा कि वह अपराधी है? जब तक अपराधी

को दो-चार डंडे या गाली-गलौच का प्रसाद न मिले, वह अपराध स्वीकार करेगा ही नहीं। अतः इस नए बिल ने पुलिस के समक्ष एक बड़ा प्रश्न-चिह्न खड़ा कर दिया है कि श्रीमान्‌जी और माननीय महोदय के संबोधन के साथ, आपको अब अपराधी को पकड़ना होगा और उसे अदालत से सजा भी दिलवानी होगी। यदि आप यह नहीं कर सकते तो आपको त्याग-पत्र देना ही होगा।

पुलिस की इस नई और प्यारी छवि से हमारे प्रदेश में खलबली मची हुई है। पुलिसजनों ने सदाचार और सद्‌व्यवहार का सप्ताह मनाना प्रारंभ कर दिया है। इस विनम्रता-सप्ताह में वे सभी गुंडों, बदमाशों, जेबकतरों, कातिलों, बलात्कारियों को पत्र लिख रहे हैं और अपने पुराने दुर्व्यवहार के लिए क्षमा माँग रहे हैं। अपनी क्षमा-याचना में वे यह भी लिख रहे हैं कि भविष्य में जब भी वे नया अपराध करेंगे तो पुलिस थाने में उनका पूर्ण सम्मान तथा सत्कार किया जाएगा। कम-से-कम गालियाँ और दो-चार लात-घूँसे, जो उन्हें नाश्ते में मिला करते थे, अब कभी भी नहीं मिलेंगे।

प्रदेश के सभी दुष्टजन, पुलिस की इस नई छवि से प्रसन्न हैं। गृहमंत्रीजी ने अपने अल्पकाल में यह नया और अनूठा प्रयोग किया है। वे निश्चिंत रहें कि उनकी पार्टी को प्रदेश में पुनः बहुमत प्राप्त हो जाएगा। क्या अपराधीगण इतने टुच्चे हैं कि इसके बदले में अपने बाहुबल का उपयोग उन्हें चुनाव में जिताने के लिए भी नहीं करेंगे?

●

कोतवाल भोलासिंह

श्रीकांत मित्तल

भोलासिंह दमदार कोतवाल है। अपने बाप तक की परवाह नहीं करता। और क्यों करे परवाह? वह ईमानदार आदमी है। जो खाता है, ईमानदारी से उसका दस परसेंट स्टाफ में बाँटता है। पच्चीस परसेंट ऊपर अफसरों की नजर कर देता है। पाँच परसेंट धरम-करम के काम में खर्च करता है।

—कोई यज्ञ कर दिया।

—बामन जिमा दिए।

—मंदिर में छत्तर चढ़ा दिया।

—अखंड कीर्तन करवा दिया।

—रास करवा दिया।

दस परसेंट अफसरों की खातिर-खुशामद के लिए रिजर्व फंड है।

कोई भी अफसर दौरा करने आए, असल स्कॉच, बढ़िया मुरगा और...

पूरे जिले में भोलासिंह की तूती बोलती है। भोलासिंह अफसरों को जितना खिलाए, वो उतना खाते हैं। जितना पिलाए, उतना पीते हैं। पर मजाल है किसी अफसर की बदनामी हो जाए!

—किसी पर कोई उँगली उठा दे?

—सारा विष, सारा कालकूट, शंकर बन खुद पी जाता है।

अब यही शराब का ठेकेदार सुखराम है।

भोलासिंह के आने से पहले सुखराम मामूली कलाल था। देसी शराब

के दो ठेके थे। एक टूटा-सा मकान था।

भोलासिंह ने सुखराम को बुलाकर कहा—"बेटा सुखराम! खाओ और खिलाओ। इस कलवारी में कुछ नहीं रक्खा। सेठ बनना हो तो ऊँचा दाँव खेलो। कानपुर पास है। एक साल में सेठ बन जाओगे।"

सुखराम ने जोड़-तोड़कर टिंचर जैसी दवाएँ बनाने का कारखाना खोला। एल्कोहल का लाइसेंस लिया।

लाइसेंस दिलाने खुद भोलासिंह उसके साथ लखनऊ गया था। पूरे पाँच हजार की गड्डी साथ थी। चार स्कॉच की बोतलें थीं।

और दोनों जब लौटे तो लाइसेंस के कागजात उसकी जेब में थे।

सुखराम जब भोलासिंह के गुन गाने बैठता है तो उसे देवता बना देता है। उससे सुनी बातें, और-और लोग और-और लोगों को सुनाते हैं। और इस तरह यह सब बातें पूरा शहर जान गया है।

भोलासिंह के साथ एक्साइज इंस्पेक्टर मिस्टर स्वामी का साझा है। सुखराम के गोदाम में रम, ब्लैकनाइट की खाली बोतलें लखनऊ के होटलों से आती हैं। एल्कोहल में कुछ दवाएँ व मसाले मिलाकर सुखराम थ्री एक्स रम, 'ब्लैकनाइट', ओ.टी. सब कुछ बना लेता है।

इसके बाद नकली कार्क लगा दी जाती है।

—होटलवाले को भी मुनाफा।

—सुखराम को भी मुनाफा।

सुखराम को जनता की सेहत का बड़ा ध्यान है। जितनी असली शराब होगी उतना ही ज्यादा गहरा असर करेगी।

—हलकी शराब, हलका असर।

—असर हलका होगा तो चार की जगह छः बोतलें बिकेंगी।

—उसका भी भला, जनता का भी भला।

सुखराम के पास ज्यों-ज्यों पैसा बढ़ता गया, उसका रोजगार फैलता गया।

शराब के बाद उसने चुनियाबेगम छाप चूरन निकाला।

पचास प्रतिशत असली चूरन के पैकेट और पचास प्रतिशत अफीम।

पैसा चारों ओर से टूटकर उसपर गिरने लगा।

लोगों ने कहा—"सेठ सुखराम, चुनाव लड़ो और एम.एल.ए. बन

जाओ। एम.पी. बन जाओ।''

सुखराम ने भोलासिंह से राय माँगी। भोलासिंह ने साफ बोल दिया—''सेठ, नेता बनना तुम्हारा काम नहीं। तुम नेताओं को बनानेवाले नेता बनो। अपना घोड़ा चुनाव में उतारो। पट्ठा जीत गया तो बीस गुने, सौ गुने पैसे कमाओगे। जैसा चाहोगे, होगा वही। पर अगर राजनीति में घुस गए तो रोजगार की उखाड़-पछाड़ होगी। रोजगार को घुन लग जाएगा।''

सुखराम ने पैर पकड़ लिये भोलासिंह के। बोला—''ठाकुर साहब! तुमने बचा लिया मुझे। नहीं साले मेरा सत्यानास करके रहते।''

भोलासिंह कहता है, ''दुनिया में किसी को दोस्त न बना सको तो बिगाड़ो भी मत उससे।''

सुखराम अपनी ओर से किसी से नहीं बिगाड़ता।

—हर पार्टी को चंदा देता है। हर पार्टी की मदद करता है।

—उसका भाई सोशलिस्ट है, बेटा जनसंघी है, वह खुद कांग्रेसी है, बीवी हिंदू महासभा की कट्टर समर्थक है, लड़की कम्युनिस्ट है।

पाँचों पार्टियाँ उसके पैसे पर चलती हैं।

पाँचों पार्टियाँ उसकी और उसके पैसे की गुलाम हैं।

सुखराम से पूछे बगैर एम.एल.ए. दिशा-मैदान भी नहीं जाता।

जिधर से निकल जाओ, उधर से सेठ सुखराम की चर्चा। हर संस्था में सेठ सुखराम कहीं-न-कहीं मौजूद जरूर है। किसी का सभापति, किसी का सेक्रेटरी, किसी का सदस्य।

भोलासिंह ने कहा और सुखराम ने नुमाइश में कैंप खोल दिया।

बेचारी जनता, नए शहर में मारी-मारी फिरती। कोई शराब के नाम पर वार्निश पिलाता। कोई मरी छिपकली की कच्ची पिलवाता। पर सुखराम असल अपनी भट्ठी की कच्ची पिलवाता है।

अपनी बनाई अंग्रेजी शराब सप्लाई करता है।

नुमाइश में उसने जुआखाना भी खोला है। पक्की दस परसेंट की नाल। इस नाल में सिपाही से लेकर एस.पी. तक का हिस्सा है।

—हर पत्रकार को फ्री परमिट दे दिया गया है।

—चाहे जितनी पिओ और चाहे जितनी दोस्तों को पिलवाओ।

—साल-भर तक के लिए ऊँचे रेट पर सुखराम ने अपनी फर्म के

विज्ञापन दे रखे हैं।

—पत्रकार पीते हैं और मजा करते हैं।

—पत्रकार जुआ खेलते हैं और चुनियाबेगम चूरन का आनंद लेते हैं।

'क्रांतिदूत' का कम्युनिस्ट पत्रकार धावन सुखराम के पीछे पड़ गया था। एक-दो पत्रों में उसने धमकी और बदनामी का चक्र भी शुरू किया था। पहले सुखराम ने उसे लालच दिया, फिर भोलासिंह ने उसे धमकी दी, फिर भी नहीं माना तो अगले दिन जमुना में तैरती उसकी लाश मिली।

आत्महत्या का मामला मानकर पुलिस ने उसे फाइल कर दिया।

धावन का उत्तराधिकारी कामरेड लाखन एक हजार लेकर चुप हो गया। ऊपर से सेठ सुखराम की लड़की सरिता कम्युनिस्ट पार्टी के दफ्तर आने-जाने लगी और अपने को कम्युनिस्ट कहने लगी।

तब से सेठ सुखराम से कोई नहीं उलझता।

एक अकड़ू एस.पी. आ गए थे। भोलासिंह की किसी बात पर चिढ़कर उसके ट्रांसफर के लिए लिख दिया।

—पर वाह सुखराम! दौड़ा-दौड़ा लखनऊ गया। जब लौटा तब उस एस.पी. के ट्रांसफर के ऑर्डर और भोलासिंह की मंसूखी के ऑर्डर उसके हाथ में थे।

ये सब बातें सुखराम के मुनीम और वफादार नौकर जानते हैं। भोलासिंह के फर्माबरदार सिपाही तक एक-एक राज से वाकिफ हैं।

हर आदमी कहता है—

—ठाकुर भोलासिंह, भोलानाथ बम-बम शंकर हैं।

—सेठ सुखराम विष्णु का अवतार हैं। लक्ष्मी उनके चरण चूमती है। सारे शहर को पाल रहा है। सब उसका ही दिया खा रहे हैं।

जब ऐसे भक्त लोगों की चर्चा जुड़ती है तो भोलासिंह और सुखराम विरुदावली प्रारंभ हो जाती है।

ठाकुर भोलासिंह का खास दीवान मुश्ताक अहमद बतलाता है—

"भरोसे कंजर पाँच हजार की थैली लेकर आया था। नुमाइश में खुली छूट माँगता था। ठाकुर साहब ने ठोकर मार दी थैली में—साले, नौकरी में दाग लगवाना चाहता है! पूरी नुमाइश के अमन-चैन का मैं ठेकेदार और तू नुमाइश लूटेगा! साले, पाँच हजार क्या, पाँच लाख भी रख दे तो

भी ठाकुर भोलासिंह पेशाब कर दे रकम पर। तूने समझा क्या है भोलासिंह को!"

भरोसे गिड़गिड़ाने लगा—"हुजूर! नुमाइश में सभी. कमा रहे हैं। मैं क्या जहर खा लूँ!"

"जहर तब खा उल्लू के पट्ठे, जब दिमाग का दिवाला निकल गया हो। नुमाइश देखने दुनिया जा रही है। तू साले, उनका घर क्यों नहीं देखता?"

भरोसे का तीसरा नेत्र खुल गया। समझ का मोटा था। यों बात आसान थी, पर जब तक दिमाग में बात न बैठे, हर बात आसान मालूम होती है। भरोसे रुपए लौटाकर नहीं ले गया, पर ठाकुर भोलासिंह ने चलते-चलते डाँज दी—'साले, चार-छः हाथ से ज्यादा मत मारना; पर जहाँ हाथ मारना वहाँ गहरा हाथ हो। ज्यादा चोरियाँ हुईं, तब भी साले, मुझे भुगतना पड़ेगा और एक-दो पट्ठे जेल भेजने के लिए तैयार रखना। एक-दो चोरी का पता लगना नहीं दिखाया तो क्या अपने नाम पर मिट्टी लगवाऊँगा?"

भरोसे हामी भरता खुशी से चला गया।

दीवान मुश्ताक अहमद बतलाता है—"एक ही दिल है हमारे ठाकुर हुजूर भोलासिंह साहब का। एक बार एक शायर चोरी की रपट लिखवाने आया। मुंशी पाँच रुपए माँग रहा था, पर ठाकुर साहब मुशायरे में उसे सुन चुके थे, फौरन उसे बराबर की कुरसी दी। मुंशी साले को हजार गालियाँ दीं।

"शायर से फरमाया—'आपका कितना माल गया है चोरी में?'

"शायर रोता-रोता बोला—'करीब हजार का माल गया है और सबसे बेशकीमती मेरा दीवान चला गया चोरी।'

"खड़े दम ठाकुर साहब ने हजार रुपए शायर को दिए। मालखाना खुलवाकर एक बिजली का पंखा, एक स्टोव, एक केतली और न जाने क्या अल्लम-गल्लम बाँध दिया। बिदा करते हुए बोले—'अहसान साहब! मैं बहुत शर्मिंदा हूँ। असल में जिस कोतवाल के शहर में चोरी हो, जिम्मेदारी उस कोतवाल की होती है। पहले जमाने में चोर न पकड़ में आए तो कोतवाल को चोरी जानेवाला रुपया खुद चुकाना पड़ता था। मैं भी, शायर साहब, फर्ज अदा कर रहा हूँ। और भगवान् ने चाहा तो एक हफ्ते में आपका दीवान आपके पास होगा।'

"शायर हँसते-हँसते रुखसत हुए। अब जो शहर-भर में ठाकुर साहब की शोहरत फैली है तो गली-कूचे में ठाकुर साहब का नाम हो गया।

"दूसरे दिन जब चोरी का हिस्सा थाने आया तो ठाकुर साहब ने गफूरे को मुरगा बना दिया। अपने हाथ में हंटर लेकर पिल पड़े—'साले, मेरा नाम बदनाम करता है! चोरी भी की तो चोरी करने तुझे गरीब शायर का घर रह गया था! साले, मेरे राज्य में चार लोग फ्री हैं। पहले सरकारी अफसर और सरकारी नौकर, दूसरी रंडियाँ, तीसरे पहलवान व शायर और चौथे अपने यार लोग।'

"गफूरे ने नाक रगड़कर तौबा की। कसम खाकर कहा—'चोरी में सिर्फ चार सौ का माल मिला', पर कोतवाल साहब उससे हजार वसूल करके माने।"

●

इंस्पेक्टर मातादीन चाँद पर

हरिशंकर परसाई

वैज्ञानिक कहते हैं, चाँद पर जीवन नहीं है।

पर सीनियर पुलिस इंस्पेक्टर मातादीन (डिपार्टमेंट में एम.डी. सा'ब) कहते हैं, "वैज्ञानिक झूठ बोलते हैं, वहाँ हमारे जैसे ही मनुष्यों की आबादी है।"

विज्ञान ने हमेशा इंस्पेक्टर मातादीन से मात खाई है। फिंगर प्रिंट विशेषज्ञ कहता रहता है—छुरे पर पाए गए निशान मुलजिम की अंगुलियों के नहीं हैं, पर मातादीन उसे सजा दिला ही देते हैं।

मातादीन कहते हैं, "ये वैज्ञानिक केस का पूरा इनवेस्टिगेशन नहीं करते। उन्होंने चाँद का उजला हिस्सा देखा और कह दिया, वहाँ जीवन नहीं है। मैं चाँद का अँधेरा हिस्सा देखकर आया हूँ, वहाँ मनुष्य जाति है।"

यह बात सही है, क्योंकि अँधेरे पक्ष के मातादीन माहिर माने जाते हैं।

पूछा जाएगा, इंस्पेक्टर मातादीन चाँद पर क्यों गए थे? टूरिस्ट की हैसियत से या किसी फरार अपराधी को पकड़ने? नहीं, वे भारत की तरफ से सांस्कृतिक आदान-प्रदान के अंतर्गत गए थे। चाँद सरकार ने भारत सरकार को लिखा था—'यों हमारी सभ्यता बहुत आगे बढ़ी है, पर हमारी पुलिस में पर्याप्त सक्षमता नहीं है। वह अपराधी का पता लगाने और उसे सजा दिलाने में अकसर सफल नहीं होती। सुना है, आपके यहाँ रामराज है। मेहरबानी करके किसी पुलिस अफसर को भेजें, जो हमारी पुलिस को शिक्षित कर दे।'

गृहमंत्री ने सचिव से कहा, "किसी आई.जी. को भेज दो।"

सचिव ने कहा, "नहीं, सर, आई.जी. नहीं भेजा जा सकता। प्रोटोकॉल का सवाल है। चाँद हमारा एक क्षुद्र उपग्रह है। आई.जी. के रैंक के आदमी को नहीं भेजेंगे। किसी सीनियर इंस्पेक्टर को भेज देता हूँ।"

तय किया गया कि हजारों मामलों के इनवेस्टिगेटिंग ऑफीसर सीनियर इंस्पेक्टर मातादीन को भेज दिया जाय।

चाँद की सरकार को लिख दिया गया कि आप मातादीन को लेने के लिए पृथ्वी-यान भेज दीजिए।

पुलिस-मंत्री ने मातादीन को बुलाकर कहा, "तुम भारतीय पुलिस की उज्ज्वल परंपरा के दूत की हैसियत से जा रहे हो। ऐसा काम करना कि सारे अंतरिक्ष में डिपार्टमेंट की ऐसी जयजयकार हो कि पी.एम. (प्रधानमंत्री) को भी सुनाई पड़ जाए।"

मातादीन की यात्रा का दिन आ गया। एक यान अंतरिक्ष अड्डे पर उतरा। मातादीन सबसे बिदा लेकर यान की तरफ बढ़े। वे धीरे-धीरे कहते जा रहे थे—

"प्रविसि नगर कीजै सब काजा, हृदय राखि कौसलपुर राजा।"

यान के पास पहुँचकर मातादीन ने मुंशी अब्दुल गफूर को पुकारा, "मुंशी!"

गफूर ने एड़ी मिलाकर सेल्यूट फटकारा। बोला, "जी, पेक्टसा!"

"एफ.आई.आर. रख दी है?"

"जी, पेक्टसा!"

"और रोजनामचे का नमूना?"

"जी, पैक्टसा!"

वे यान में बैठने लगे। हवलदार बलभद्दर को बुलाकर कहा, "हमारे घर में जचकी के बखत अपने खटला (पत्नी) को मदद के लिए भेज देना।"

बलभद्दर ने कहा, "जी, पेक्टसा!"

गफूर ने कहा, "आप बेफिक्र रहें, पेक्टसा!' मैं अपने मकान (पत्नी) को भी भेज दूँगा खिदमत के लिए।"

मातादीन ने यान के चालक से पूछा, "ड्राइविंग लाइसेंस है?"

"जी है, साहब!"

"और गाड़ी में बत्ती ठीक है?"

"जी, ठीक है।"

मातादीन ने कहा, "सब ठीक-ठाक होना चाहिए, वरना हरामजादे का बीच अंतरिक्ष में चालान कर दूँगा।"

चंद्रमा से आए चालक ने कहा, "हमारे यहाँ आदमी से इस तरह नहीं बोलते।"

मातादीन ने कहा, "जानता हूँ, बे! तुम्हारी पुलिस कमजोर है। अभी मैं उसे ठीक करता हूँ।"

मातादीन यान में कदम रख ही रहे थे कि हवलदार रामसंजीवन भागता हुआ आया। बोला, "पेक्टसा, एस.पी. साहब के घर में से कहे हैं कि चाँद से एड़ी चमकाने का पत्थर लेते आना।"

मातादीन खुश हुए। बोले, "कह देना बाई सा'ब से, जरूर लेता आऊँगा।"

वे यान में बैठे और यान उड़ चला। पृथ्वी के वायुमंडल से यान बाहर निकला ही था कि मातादीन ने कहा, "अबे, हॉर्न क्यों नहीं बजाता?"

चालक ने जवाब दिया, "आसपास लाखों मील में कुछ नहीं है।"

मातादीन ने डाँटा, "मगर रूल इज रूल। हॉर्न बजाता चल।"

चालक अंतरिक्ष में हॉर्न बजाता हुआ यान को चाँद पर उतार लाया। अंतरिक्ष अड्डे पर पुलिस अधिकारी मातादीन के स्वागत के लिए खड़े थे। मातादीन रोब से उतरे और उन अफसरों के कंधों पर नजर डाली। वहाँ किसी के स्टार नहीं थे। फीते भी किसी के नहीं लगे थे। लिहाजा मातादीन ने एड़ी मिलाना और हाथ उठाना जरूरी नहीं समझा। फिर उन्होंने सोचा, मैं यहाँ इंस्पेक्टर की हैसियत से नहीं, सलाहकार की हैसियत से आया हूँ।

मातादीन को वे लोग लाइन में ले गए और एक अच्छे बंगले में उन्हें टिका दिया।

एक दिन आराम करने के बाद मातादीन ने काम शुरू कर दिया। पहले उन्होंने पुलिस लाइन का मुलाहिजा किया।

शाम को उन्होंने आई.जी. से कहा, "आपके यहाँ पुलिस लाइन में हनुमानजी का मंदिर नहीं है। हमारे रामराज में हर पुलिस लाइन में हनुमानजी हैं।"

आई.जी. ने कहा, "हनुमान कौन थे? हम नहीं जानते।"

मातादीन ने कहा, "हनुमान का दर्शन हर कर्तव्यपरायण पुलिसवाले के लिए जरूरी है। हनुमान सुग्रीव के यहाँ स्पेशल ब्रांच में थे। उन्होंने सीता माता का पता लगाया था। एब्डक्शन का मामला था, दफा ३६२। हनुमानजी ने रावण को सजा वहीं दे दी। उसकी प्रापर्टी में आग लगा दी। पुलिस को यह अधिकार होना चाहिए कि अपराधी को पकड़ा और वहीं सजा दे दी। अदालत में जाने का झंझट नहीं; मगर यह सिस्टम अभी हमारे रामराज में भी चालू नहीं हुआ। हनुमानजी के काम से भगवान् रामचंद्र बहुत खुश हुए। वे उन्हें अयोध्या ले आए और टौन ड्यूटी में तैनात कर दिया। वही हनुमान हमारे आराध्य देव हैं। मैं उनकी फोटो लेता आया हूँ। उससे मूर्तियाँ बनवाइए और हर पुलिस लाइन में स्थापित करवाइए।"

थोड़े ही दिनों में चाँद की हर पुलिस लाइन में हनुमानजी स्थापित हो गए।

मातादीनजी उन कारणों का अध्ययन कर रहे थे, जिनसे पुलिस लापरवाह और अलाल हो गई है, वह अपराधों पर ध्यान नहीं देती। कोई कारण नहीं मिल रहा था। एकाएक उनकी बुद्धि में एक चमक आई। उन्होंने मुंशी से कहा, "जरा तनखा का रजिस्टर बताओ।"

तनखा का रजिस्टर देखा तो सब समझ गए। कारण पकड़ में आ गया।

शाम को उन्होंने पुलिस-मंत्री से कहा, "मैं समझ गया कि आपकी पुलिस मुस्तैद क्यों नहीं है। आप इतनी बड़ी तनख्वाहें देते हैं, इसीलिए। सिपाही को पाँच सौ, हवलदार को सात सौ, थानेदार को हजार—यह क्या मजाक है! आखिर पुलिस अपराधी को क्यों पकड़े? हमारे यहाँ सिपाही को सौ और इंस्पेक्टर को दो सौ देते हैं तो वे चौबीस घंटे जुर्म की तलाश करते हैं। आप तनख्वाहें फौरन घटाइए।"

पुलिस-मंत्री ने कहा, "मगर यह तो अन्याय होगा। अच्छा वेतन नहीं मिलेगा तो वे काम ही क्यों करेंगे?"

मातादीन ने कहा, "इसमें कोई अन्याय नहीं है। आप देखेंगे कि पहली घटी हुई तनखा मिलते ही आपकी पुलिस की मनोवृत्ति में क्रांतिकारी परिवर्तन हो जाएगा।"

पुलिस-मंत्री ने तनख्वाहें घटा दीं और दो-तीन महीनों में सचमुच बहुत

फर्क आ गया। पुलिस एकदम मुस्तैद हो गई। सोते से एकदम जाग गई। चारों तरफ नजर रखने लगी। अपराधियों की दुनिया में घबराहट छा गई। पुलिस-मंत्री ने तमाम थानों के रिकॉर्ड बुलवाकर देखे। पहले से कई गुना अधिक केस रजिस्टर हुए थे। उन्होंने मातादीन से कहा, "मैं आपकी सूझ की तारीफ करता हूँ, आपने क्रांति कर दी; पर यह हुआ किस तरह?"

मातादीन ने समझाया, "बात बहुत मामूली है। कम तनखा दोगे तो मुलाजिम की गुजर नहीं होगी। सौ रुपयों में सिपाही बच्चों को नहीं पाल सकता। दो सौ में इंस्पेक्टर ठाठ-बाट मेनटेन कर सकता है? उसे ऊपरी आमदनी करनी ही पड़ेगी। और ऊपरी आमदनी तभी होगी जब वह अपराधी को पकड़ेगा। गरज कि वह अपराधों पर नजर रखेगा। सचेत, कर्तव्यपरायण और मुस्तैद हो जाएगा। हमारे रामराज के स्वच्छ और सक्षम प्रशासन का यही रहस्य है।"

चंद्रलोक में इस चमत्कार की खबर फैल गई। लोग मातादीन को देखने आने लगे कि वह आदमी कैसा है जो तनखा कम करके सक्षमता ला देता है। पुलिस के लोग भी खुश थे। वे कहते—"गुरु, आप इधर न पधारते तो हम सभी कोरी तनखा पर ही गुजर करते रहते।" सरकार भी खुश थी कि मुनाफे का बजट बनने वाला था।

आधी समस्या हल हो गई। पुलिस अपराधी पकड़ने लगी थी। अब मामले की जाँच-विधि में सुधार करना रह गया था। अपराधी को पकड़ने के बाद उसे सजा कैसे दिलाई जाए। मातादीन इंतजार कर रहे थे कि कोई बड़ा केस हो जाए तो नमूने के तौर पर उसका इनवेस्टिगेशन कर बताएँ।

एक दिन आपसी मारपीट में एक आदमी मारा गया। मातादीन कोतवाली में आकर बैठ गए और बोले, "नमूने के लिए इस केस का 'इनवेस्टिगेशन' मैं करता हूँ। आप लोग सीखिए। यह कत्ल का केस है! कत्ल के केस में 'एविडेंस' बहुत पक्की होनी चाहिए।"

कोतवाल ने कहा, "पहले कातिल का पता लगाया जाएगा, तभी तो 'एविडेंस' इकट्ठा की जाएगी।"

मातादीन ने कहा, "नहीं, उलटे मत चलो। पहले एविडेंस देखो। क्या कहीं खून मिला? किसी के कपड़ों पर या और कहीं?"

एक इंस्पेक्टर ने कहा, "हाँ, मारनेवाले तो भाग गए थे। मृतक सड़क

पर बेहोश पड़ा था। एक भला आदमी वहाँ रहता है। उसने उठाकर अस्पताल भेजा। उस भले आदमी के कपड़ों पर खून के दाग लग गए हैं।''

मातादीन ने कहा, ''उसे फौरन गिरफ्तार करो।''

कोतवाल ने कहा, ''मगर उसने तो मरते हुए आदमी की मदद की थी!''

मातादीन ने कहा, ''वह सब ठीक है। पर तुम खून के दाग ढूँढ़ने और कहाँ जाओगे? जो एविडेंस मिल रहा है, उसे तो कब्जे में करो।''

वह भला आदमी पकड़कर बुलवा लिया गया। उसने कहा, ''मैंने तो मरते आदमी को अस्पताल भिजवाया था। मेरा क्या कसूर है?''

चाँद की पुलिस उसकी बात से एकदम प्रभावित हुई। मातादीन प्रभावित नहीं हुए। सारा पुलिस महकमा उत्सुक था कि अब मातादीन क्या तर्क निकालते हैं।

मातादीन ने उससे कहा, ''पर तुम झगड़े की जगह गए क्यों?''

उसने जवाब दिया, ''मैं झगड़े की जगह नहीं गया। मेरा वहाँ मकान है। झगड़ा मेरे मकान के सामने हुआ।''

अब फिर मातादीन की प्रतिभा की परीक्षा थी। सारा महकमा उत्सुक देख रहा था।

मातादीन ने कहा, ''मकान है तो ठीक है, पर मैं पूछता हूँ झगड़े की जगह जाना ही क्यों?''

इस तर्क का कोई जवाब नहीं था। वह बार-बार कहता, ''मैं झगड़े की जगह नहीं गया। मेरा वहीं मकान है।''

मातादीन उसे जवाब देते, ''सो ठीक है, पर झगड़े की जगह जाना ही क्यों?'' इस तर्क प्रणाली से पुलिस के लोग बहुत प्रभावित हुए।

अब मातादीनजी ने इनवेस्टिगेशन का सिद्धांत समझाया—

''देखो, आदमी मारा गया है तो यह पक्का है कि किसी ने उसे जरूर मारा। कोई कातिल है। किसी को सजा होनी है। सवाल है—किसको सजा होनी है? पुलिस के लिए यह सवाल इतना महत्त्व नहीं रखता, जितना यह सवाल कि जुर्म किसपर साबित हो सकता है या किसपर साबित होना चाहिए। कत्ल हुआ है तो किसी मनुष्य को सजा होगी ही। मारनेवाले को होती है या बेकसूर को, यह अपने सोचने की बात नहीं है। मनुष्य मनुष्य सब बराबर

हैं। सबमें उसी परमात्मा का अंश है। हम भेदभाव नहीं करते। यह पुलिस का मानवतावाद है।

"दूसरा सवाल है, किसपर जुर्म साबित होना चाहिए। इसका निर्णय इन बातों से होगा—(१) क्या वह आदमी पुलिस के रास्ते में आता है? (२) क्या उसे सजा दिलाने से ऊपर के लोग खुश होंगे?"

मातादीन को बताया गया कि वह आदमी भला है, पर पुलिस अन्याय करे तो विरोध करता है। जहाँ तक ऊपर का सवाल है—वह वर्तमान सरकार की विरोधी राजनीतिवाला है।

मातादीन ने टेबल ठोंककर कहा, "फर्स्ट क्लास केस! एविडेंस, और ऊपर का सपोर्ट।"

एक इंस्पेक्टर ने कहा, "पर हमारे गले यह बात नहीं उतरती कि एक निरपराध भले आदमी को सजा दिलाई जाए।"

मातादीन ने समझाया, "देखो, मैं समझा चुका हूँ कि सबमें उसी ईश्वर का अंश है। सजा इसे हो या कातिल को, फाँसी पर तो ईश्वर ही चढ़ेगा न! फिर तुम्हें कपड़ों पर खून मिल रहा है। इसे छोड़कर तुम कहाँ खून ढूँढ़ते फिरोगे? तुम तो भरो एफ.आई.आर.।"

मातादीनजी ने एफ.आई.आर. भरवा दी। 'बखत जरूरत के लिए' जगह खाली छुड़वा दी।

दूसरे दिन पुलिस कोतवाल ने कहा, "गुरुदेव, हमारी तो बड़ी आफत है। तमाम भले आदमी आते हैं और कहते हैं, उस बेचारे बेकसूर को क्यों फँसा रहे हो? ऐसा तो चंद्रलोक में कभी नहीं हुआ। बताइए, हम क्या जवाब दें? हम तो बहुत शर्मिंदा हैं।"

मातादीन ने कोतवाल से कहा, "घबराओ मत। शुरू-शुरू में इस काम में आदमी को शर्म आती है। आगे तुम्हें बेकसूर को छोड़ने में शर्म आएगी। हर चीज का जवाब है। अब आपके पास जो आए, उससे कह दो—हम जानते हैं कि वह निर्दोष है। पर हम क्या करें? यह सब ऊपर से हो रहा है।"

कोतवाल ने कहा, "तब वे एस.पी. के पास जाएँगे।"

मातादीन ने कहा, "एस.पी. भी कह दें कि ऊपर से हो रहा है।"

"तब वे आई.जी. के पास शिकायत करेंगे।"

"आई.जी. भी कहें कि सब ऊपर से हो रहा है।"

"तब वे लोग पुलिस-मंत्री के पास पहुँचेंगे।"

"पुलिस-मंत्री भी कहेंगे—'भैया, मैं क्या करूँ? यह ऊपर से हो रहा है।' "

"तो वे प्रधानमंत्री के पास जाएँगे।"

"प्रधानमंत्री भी कहें कि मैं जानता हूँ, वह निर्दोष है; पर यह ऊपर से हो रहा है।"

कोतवाल ने कहा, "तब वे..."

मातादीन ने कहा, "तब वे क्या? तब वे किसके पास जाएँगे? भगवान् के पास न? मगर भगवान् से पूछकर कौन लौट सका है?"

कोतवाल चुप रह गया। वह इस महान् प्रतिभा से चमत्कृत था।

मातादीन ने कहा, "एक मुहावरा—ऊपर से हो रहा है, हमारे देश में पच्चीस सालों से सरकारों को बचा रहा है। तुम इसे सीख लो।"

केस की तैयारी होने लगी। मातादीन ने कहा, "अब चार-छः चश्मदीद गवाह लाओ।"

कोतवाल ने कहा, "चश्मदीद गवाह कोई कैसे मिलेंगे? जब किसी ने उसे मारते देखा ही नहीं, चश्मदीद गवाह कोई कैसे होगा?"

मातादीन ने सिर ठोंक लिया, "किन बेवकूफों के बीच फँसा दिया गवर्नमेंट ने। इन्हें तो ए.बी.सी.डी. भी नहीं आती।"

झल्लाकर कहा, "चश्मदीद गवाह किसे कहते हैं, जानते हो? चश्मदीद वह नहीं है, जो देखे—बल्कि वह है, जो कहे कि मैंने देखा।"

कोतवाल ने कहा, "ऐसा कोई क्यों कहेगा?"

मातादीन ने कहा, "कहेगा। समझ में नहीं आता कैसे डिपार्टमेंट चलाते हो! अरे, चश्मदीद गवाहों की लिस्ट पुलिस के पास पहले से रहती है। जहाँ जरूरत हुई, उन्हें चश्मदीद बना दिया। हमारे यहाँ ऐसे आदमी हैं जो साल में तीन-चार सौ वारदातों के चश्मदीद गवाह होते हैं। हमारी अदालतें भी मान लेती हैं कि इस आदमी में कोई दैवी शक्ति है, जिससे वह जान लेता है कि अमुक जगह वारदात होने वाली है और वहाँ पहले से पहुँच जाता है। मैं तुम्हें चश्मदीद गवाह बनाकर देता हूँ। आठ-दस उठाईगीरों को बुलाओ, जो चोरी, मारपीट, गुंडागर्दी करते हों, जुआ खिलाते हों या शराब उतारते हों।"

दूसरे दिन शहर के आठ-दस नररत्न कोतवाली में हाजिर थे। उन्हें

देखकर मातादीन गद्गद हो गए। बहुत दिन हो गए थे ऐसे लोगों को देखे, बड़ा सूना-सूना लग रहा था।

मातादीन का प्रेम उमड़ पड़ा। उसने कहा, "तुम लोगों ने उस आदमी को लाठी मारते देखा था न?"

वे बोले, "नहीं देखा, साब! हम वहाँ थे ही नहीं।"

मातादीन जानते थे, यह पहला मौका है। फिर उन्होंने कहा, "वहाँ नहीं थे, यह मैंने माना। पर लाठी मारते देखा तो था।"

उन लोगों को लगा कि यह पागल आदमी है। तभी ऐसी ऊटपटाँग बात करता है। वे हँसने लगे।

मातादीन ने कहा, "हँसो मत, जवाब दो।"

वे बोले, "जब थे ही नहीं, तो कैसे देखा?"

मातादीन ने गुर्राकर देखा। कहा, "कैसे देखा, तो बताता हूँ। तुम लोग जो काम करते हो, सब इधर दर्ज हैं। हर एक को कम-से-कम दस साल जेल में डाला जा सकता है। तुम ये काम आगे भी करना चाहते हो या जेल जाना चाहते हो?"

वे घबराकर बोले, "साब, हम जेल नहीं जाना चाहते।"

मातादीन ने कहा, "ठीक। तो तुमने उस आदमी को लाठी मारते देखा। देखा न!"

वे बोले, "देखा साब। वह आदमी घर से निकला और जो लाठी मारना शुरू किया, तो वह बेचारा बेहोश होकर सड़क पर गिर पड़ा।"

मातादीन ने कहा, "ठीक है, आगे भी ऐसी वारदातें देखोगे?"

वे बोले, "साब, जो आप कहेंगे, सो देखेंगे।"

कोतवाल इस चमत्कार से थोड़ी देर तो बेहोश हो गया। होश आया तो मातादीन के चरणों में गिर पड़ा।

मातादीन ने कहा, "हटो, काम करने दो।"

कोतवाल पाँवों से लिपट गया। कहने लगा, "मैं जीवन-भर इन श्रीचरणों में पड़ा रहना चाहता हूँ।"

मातादीन ने आगे की सारी कार्य-प्रणाली तय कर दी। एफ.आई.आर. बदलना, बीच में पन्ने डालना, रोजनामचा बदलना, गवाहों को तोड़ना—सब सिखा दिया।

उस आदमी को बीस साल की सजा हो गई।

चाँद की पुलिस शिक्षित हो चुकी थी। धड़ाधड़ केस बनने लगे और सजा होने लगी। चाँद की सरकार बहुत खुश थी। पुलिस की ऐसी मुस्तैदी भारत सरकार के सहयोग का नतीजा थी। चाँद की संसद् ने एक धन्यवाद का प्रस्ताव पास किया।

एक दिन मातादीनजी का सार्वजनिक अभिनंदन किया गया। वे फूलों से लदे खुली जीप पर बैठे थे। आसपास जयजयकार करते हजारों लोग। वे हाथ जोड़कर अपने गृहमंत्री की स्टाइल में जवाब दे रहे थे।

जिंदगी में पहली बार ऐसा कर रहे थे, इसलिए थोड़ा अटपटा लग रहा था। छब्बीस साल पहले पुलिस में भरती होते वक्त किसने सोचा था कि एक दिन दूसरे लोक में उनका ऐसा अभिनंदन होगा। वे पछताए—अच्छा होता कि इस मौके के लिए कुरता, टोपी और धोती ले आते।

भारत के पुलिस-मंत्री टेलीविजन पर बैठे यह दृश्य देख रहे थे और सोच रहे थे, मेरी सद्‌भावना यात्रा के लिए वातावरण बन गया।

एक दिन चाँद की संसद् का विशेष अधिवेशन बुलाया गया। बहुत तूफान खड़ा हुआ। गुप्त अधिवेशन था, इसलिए रिपोर्ट प्रकाशित नहीं हुई, पर संसद् की दीवारों से टकराकर कुछ शब्द बाहर आए।

सदस्य गुस्से से चिल्ला रहे थे—

"कोई बीमार बाप का इलाज नहीं कराता।"

"डूबते बच्चों को कोई नहीं बचाता।"

"जलते मकान की आग कोई नहीं बुझाता।"

"आदमी जानवर से बदतर हो गया। सरकार फौरन इस्तीफा दे।"

दूसरे दिन चाँद के प्रधानमंत्री ने मातादीनजी को बुलाया। मातादीन ने देखा—वे एकदम बूढ़े हो गए थे। लगा, ये कई रातें सोए नहीं हैं।

रुआँसे होकर प्रधानमंत्री ने कहा, "मातादीनजी, हम आपके और भारत सरकार के बहुत आभारी हैं। अब आप कल देश वापस लौट जाइए।"

मातादीन ने कहा, "मैं तो 'टर्म' खत्म करके ही जाऊँगा।"

प्रधानमंत्री ने कहा, "आप बाकी 'टर्म' का वेतन ले जाइए—डबल ले जाइए, ट्रिपल ले जाइए।"

मातादीन ने कहा, "हमारा सिद्धांत है—हमें पैसा नहीं, काम प्यारा है।"

आखिर चाँद के प्रधानमंत्री ने भारत के प्रधानमंत्री को एक गुप्त पत्र लिखा।

चौथे दिन मातादीनजी को वापस लौटने के लिए अपने आई.जी. का ऑर्डर मिल गया।

उन्होंने एस.पी. साहब के घर के लिए एड़ी चमकाने का पत्थर यान में रखा और चाँद से बिदा हो गए।

उन्हें जाते देख पुलिसवाले रो पड़े।

बहुत अरसे तक यह रहस्य बना रहा कि आखिर चाँद में ऐसा क्या हो गया कि मातादीनजी को इस तरह एकदम लौटना पड़ा। चाँद के प्रधानमंत्री ने भारत के प्रधानमंत्री को क्या लिखा था?

एक दिन वह पत्र खुल ही गया। उसमें लिखा था—

इंस्पेक्टर मातादीन की सेवाएँ हमें प्रदान करने के लिए अनेक धन्यवाद। पर अब आप उन्हें फौरन बुला लें। हम भारत को मित्र देश समझते थे, पर आपने हमारे साथ शत्रुवत् व्यवहार किया है। हम भोले लोगों से विश्वासघात किया है।

आपके मातादीनजी ने हमारी पुलिस को जैसा कर दिया है, उसके नतीजे ये हुए हैं—

कोई आदमी किसी मरते हुए आदमी के पास नहीं जाता, इस डर से कि वह कत्ल के मामले में फँसा दिया जाएगा। बेटा बीमार पिता की सेवा नहीं करता। वह डरता है, बाप मर गया तो उसपर कहीं हत्या का आरोप नहीं लगा दिया जाए। घर जलते रहते हैं और कोई बुझाने नहीं जाता—डरता है कि कहीं उसपर आग लगाने का जुर्म कायम न कर दिया जाए। बच्चे नदी में डूबते रहते हैं और कोई उन्हें नहीं बचाता। इस डर से कि उसपर बच्चे को डुबाने का आरोप न लग जाए। सारे मानवीय संबंध समाप्त हो रहे हैं। मातादीनजी ने हमारी आधी संस्कृति नष्ट कर दी है। अगर वे यहाँ रहे तो पूरी संस्कृति नष्ट कर देंगे। उन्हें फौरन रामराज में बुला लिया जाय।

●●●